LA TRAJECTOIRE DE L'AIGLE

Nolwenn Le Blevennec est née en 1983. Elle est rédactrice en chef à *L'Obs* depuis 2020. *La Trajectoire de l'aigle* est son premier roman.

NOLWENN LE BLEVENNEC

La Trajectoire de l'aigle

ROMAN

GALLIMARD

ISBN : 978-2-253-26289-3 – 1re publication LGF

À ma mère, Christine Béroff.

DANS LES AIRS

Je vivais des journées de mammifère affairé. À cette époque, mes enfants étaient encore jeunes. Après le boulot, je courais pour les voir. Je veux dire : je courais vraiment, en bravant le risque, dont personne ne parle jamais, que mon cerveau se cogne contre ma boîte crânienne. En rentrant de reportage, j'avais hâte de les toucher au point que j'en oubliais ma valise dans le train. La galerie d'images de mon téléphone était remplie d'eux : un travail de documentation évoquant celui d'un Américain obsédé par son voisin de pelouse. Je détenais pas moins de quatre vidéos de mon aîné dansant sur la chanson des Crocodiles et je ne pouvais en effacer aucune. J'avais essayé. Elles étaient pareilles, mais différentes. Ma seule limite dévotionnelle, c'était que je ne cuisinais jamais rien.

Au printemps 2016, mon plus jeune fils avait un peu plus d'un an quand, un soir, je ne suis pas rentrée chez moi aussi vite que d'habitude. Je suis passée à un pot au troisième étage de l'immeuble trop grand qu'occupait la rédaction de mon journal, un open-space bas de plafond avec des câbles noirs au sol. J'avais beau bosser ici depuis deux ans, je n'avais pas repéré Joseph, directeur artistique. Je ne m'étais jamais arrêtée sur lui alors qu'il était considéré comme le surdoué de l'équipe. Et qu'il avait un signe distinctif : celui d'être toujours en col roulé. Je me souviens que cette première fois on a parlé de Boulogne-sur-Mer. J'aime cette ville pour ses désavantages compétitifs (météo, dénivelé) et parce qu'elle vit du secteur primaire, ce qui me touche. Comme le port du Guilvinec. Touchant, le port du Guilvinec. Donc je lui ai dit à peu près ça et que, sans aucun doute, c'était là qu'il fallait partir en vacances plutôt que dans le Sud. J'ai dû ajouter que la Méditerranée c'était moche, que l'eau mousse, qu'elle est jaune et piquante. Qu'elle n'est pas suffisamment secouée. Que c'est dégueulasse.

Bref, je disais n'importe quoi et Joseph me le faisait remarquer. C'était merveilleux, parce qu'il s'indignait à chacun de mes mots et tout ce qu'il ajoutait était drôle. C'était comme un jeu de construction qui s'agençait divinement bien. J'avais le visage qui crépitait, des étincelles tombaient dans mon gobelet de vin rouge. Cela a duré vingt minutes et légèrement serré tous mes organes. Je ne sais pas si j'avais remarqué à ce stade qu'il avait la lèvre du bas extensible, un bout de peau étrange sur le front avec lequel on a envie de jouer certains jours, et qu'il se balançait toujours d'avant en arrière en parlant. Ce sont pourtant ses principales qualités. J'ai vu qu'il me plaisait, qu'il faisait à peu près ma taille et que ses cheveux étaient épais et bouclés. J'ai pensé : *On pourrait sans doute cacher une gomme à l'intérieur.*

Trois ans plus tard, je me situe exactement à dix mètres de l'endroit de notre rencontre. Ce 1er janvier 2019, je suis de permanence à la rédaction et mon partenaire du jour est un collègue qui me donne des envies de fuite : il me dit « bonne année » chaque fois que nos regards se croisent. Quant à Joseph, il s'est échappé depuis plusieurs mois. Il expose en ce moment à Budapest. De sa nouvelle vie d'artiste, on peut voir quelques images sur Instagram et sur des sites louches si on n'a pas peur des virus informatiques. Ce qui est mon cas. Le mec réussit sa vie. Alors que moi, c'est sordide, je traîne sur Twitter où l'on s'indigne aujourd'hui d'une séquence télé climatosceptique. Je finis par cliquer sur les archives de ma boîte mail, ce qui ne présage rien de bon. Je relis nos messages en silence. Mais en ce premier jour de l'an 2019, je réalise que ces échanges amoureux ne me démoralisent pas. Que ma gorge ne se serre pas. Qu'ils ne me grisent plus. Tout le monde m'avait dit que l'indifférence finirait par percer. Je vois que c'est maintenant.

Alors voilà, c'est l'histoire banale d'une liaison de quelques mois dans les étages d'un journal qui ne se vend plus bien. De la découverte que la volonté peut être annihilée, dévorée. D'une séparation traumatique au plus fort de la fusion. Avec dégrisement brutal : le lendemain de la rupture, j'ai fondu en larmes dès la première note du prélude de *La Traviata* – c'est un *si* – en concert à Metz. Les trois actes se sont ensuite succédé sans que je puisse me ressaisir. C'était bruyant. Ridicule, en l'occurrence. Et inquiétant pour mon voisin. Au moment où Violetta renonce à Alfredo («*Dite alla giovine*»), je suffoquais, la tête entre les genoux. Après le concert, que j'avais offert à ma mère pour ses soixante-dix ans, j'ai dormi avec elle dans les lits jumeaux couvertures moutarde d'un hôtel morne. Ce qui a ajouté, bien que j'aime énormément ma mère, à l'impression d'avoir raté ma vie.

Dans le train de retour Metz-Paris, j'avais la tête vide, les jambes coupées et des démangeaisons sur le haut du crâne. Ma mère faisait semblant de ne rien voir parce qu'elle a peur que je termine mon existence toute seule. Chaque fois qu'une menace plane sur ma vie sentimentale, elle se gèle comme un reptile. Quand Joseph, passé juste avant chez le coiffeur, m'a quittée dans le quartier de l'Assemblée nationale, je me suis sentie comme un chien drogué abandonné sur le bord de la route après avoir traversé l'Espagne à l'arrière d'un go-fast. L'onde de déprime, immense, était entrecoupée de secondes de lucidité : *La bonne nouvelle, c'est que tu n'es pas un chien.* Et aussi : *Tu as trouvé ses limites* (à Joseph). Et enfin : *Noie-toi dans des occupations aussi longtemps qu'il le faut.*

*

Comme souvent dans les passions amoureuses (parce que sans interdit à quoi bon s'exciter, on va juste au cinéma), il s'agit d'une liaison. Dans sa forme la plus répandue et tragique : l'adultère avec profond désaccord sur les développements souhaitables. Rien à voir avec une histoire de valeurs bourgeoises ou religieuses, ce sont ici deux structures psychiques qui s'affrontent. Dès la première minute, il n'y avait entre Joseph et moi aucune convergence sur les définitions de l'amour, du bonheur et du risque. L'attachement était originel pour lui, mobile pour moi. Il retenait les mots quand je les déversais. Si on n'a pas peur de la psychanalyse, on pourrait dire que mon moi est dilaté alors que le sien se maintient à peine.

Au printemps 2016, quand je l'ai rencontré, j'avais trente-trois ans même si je ne les faisais pas – mon visage a dix ans de retard sur mon âge (c'est forcément un truc qui va se retourner contre moi : un matin, au réveil, mes joues seront molles ; déjà, il faut bien l'admettre, je me déchiffonne moins vite). Mais mon corps était conforme à ma bio. Mi-ferme. Comme j'avais fait deux enfants en quatre ans, j'avais environ huit kilos de trop. Des bras potelés contrastant avec un nez minuscule. Une belle peau. J'étais un morceau qui reprenait doucement forme initiale. Sans urgence, parce que je ne me voyais que quand j'étais prise en photo (jamais) et que je n'avais personne à séduire. En dehors du père de mes enfants, je n'avais été pénétrée, en sept ans, que par les avant-bras de plusieurs aides-soignantes voulant vérifier la dilatation du col de mon utérus.

Pour m'accoucher, ces sages-femmes avaient dû enjamber un petit homme qui jouait, allongé sur le sol, aux échecs sur son téléphone, et qui avait vingt ans de plus que moi. Je vivais fidèlement avec lui depuis notre rencontre. Sans que cela présente de difficulté. Depuis que je le connais, mon compagnon, lui aussi journaliste, s'est montré indépassable. Dans le sens, d'abord, où sans rien avoir à faire il a vingt ans d'avance sur moi. Mais aussi dans le sens où je le trouve, depuis toujours, plus original que les autres. C'est un homme burlesque dont l'humour passe par le jeu, les voix et l'imitation, et jamais par le sarcasme. C'est aussi un homme obsessionnel, qui ne cesse d'imaginer des alternatives aux alternatives, la bille tournant sans répit d'une roulette de casino – mais nous en reparlerons plus tard.

Quand j'ai connu Igor, l'été 2009, j'avais vingt-six ans, lui quarante-six. Je sortais de l'école de journalisme et d'une relation avec un garçon d'origine libanaise au nez proéminent et sublime, au plexus solaire creusé, aux cheveux qui volaient quand ils étaient propres, et si sage qu'il passait les concours administratifs. Igor était moins discipliné. Et moins svelte, mais j'ai découvert à cette occasion que j'aimais ça. Son gros ventre, que je me suis mise à fétichiser, avait la consistance d'un coussin rempli de riz (et appuyait sur moi, quand on baisait, comme mille organes génitaux).

Au lit, Igor a l'air d'une brioche. Il est une masse tendre et je l'entoure comme de l'eau. Mais habillé, c'est très surprenant, il devient un vieux Russe aux cheveux gris. Quand il réfléchit, son menton avance. De profil, dans ces moments-là, il évoque le bouledogue. Les lunettes rondes et les pulls sombres lui vont bien, cela lui donne l'air d'enseigner l'histoire à McGill. Igor est aussi un personnage de comédie musicale. Il lui arrive, pour aucune raison, de lever les bras et de pousser des cris aigus de vieille dame arabe. Il circule à bicyclette dans les rues de Paris en laissant derrière lui des tickets bancaires froissés et les dernières notes de *La Madelon* (en roulant les *r*). Tout le quartier le connaît, pour ça et parce qu'il s'est présenté, en 2014, sur une liste municipale de gauche.

*

Avec Igor, nous nous sommes rencontrés un samedi soir de bouclage, à Saint-Ouen. J'étais en CDD dans ma première rédaction. Un magazine d'actualité et d'images. Ce soir-là, dans son bureau de journaliste politique installé, il m'a proposé de faire une interview de Ségolène Royal, il a parlé longuement et très fort avec Bernard-Henri Lévy au téléphone (en lui donnant du *Bernard*) et il m'a fait écouter du Mozart et du Salieri sur son PC. Le son était pourri. Il passait d'un morceau à l'autre. Sa main battait le rythme sur son bureau. Est-ce que j'entendais l'énorme différence de talent? Tout ce qu'il a dit ce soir-là était grotesque et adorable.

Cette première approche a eu lieu une semaine avant que sa femme ne meure, à quarante-quatre ans. Quand notre relation a démarré, un mois plus tard, Igor pleurait devant les rayons de yaourts Activia et il roulait dans la vieille voiture de ses beaux-parents. C'est à l'intérieur qu'il m'a embrassée pour la première fois. Je n'ai pas dit non, mais j'ai serré les lèvres très fort pour lui montrer que je soupçonnais des développements compliqués. Sèche entrée en matière. Après l'avoir quitté, je lui ai envoyé un message pour dire qu'il ne faudrait quand même pas qu'il croie que j'embrassais comme ça.

Nos premières semaines ensemble, je le regardais comme on regarde un type qui va sauter dans un cercle de feu. Il était exalté et j'étais curieuse. Mais au fil des mois, je me suis habituée à son humour, à son énergie surhumaine et à son besoin de moi pour survivre. Après la mort de sa femme, Igor m'a recouverte comme de la mousse. Tous les matins, il m'apportait, dans mon deux-pièces sous les toits, un croissant et une canette de Minute Maid orange. Il me suivait en reportage. Il me téléphonait tout le temps : «J'arrive.» Contre-stratégique. Une présence excessive. J'ai commencé à l'aimer parce qu'il m'appelait toutes les demi-heures et qu'un jour il ne l'a pas fait pendant trois heures. Son agitation m'a manqué (je vis moi *adagietto*, assez lentement, ma grand-mère disait dès l'aube «vivement qu'on se couche» et je suis comme elle). Quand, dix ans plus tard, je relis les messages fluviaux qu'il m'envoyait, j'étouffe.

> Cette étrangeté, maintenant, quand je ne sais pas si je suis vraiment le seul à vouloir/croire/penser/espérer des demains et après-demains et encore beaucoup plus loin, sans savoir d'ailleurs si j'extrapole un besoin immédiat (de toi, de toi, toi encore et sous toutes tes formes, mais juste immédiat) ou si quelque chose en moi a vraiment compris que l'essentiel était là.

Mais à l'époque – je m'étonne de qui j'étais –, je les encaissais tous et au printemps 2010, dix mois après notre rencontre, les coulées de mots ayant disparu, j'ai eu envie d'habiter avec lui. De m'accrocher au cyclone. Mon corps m'a facilité la tâche : j'ai glissé sur un trottoir verglacé et mon coude gauche a explosé. Mon bras a dû être immobilisé trois semaines. D'autorité, j'ai sous-loué mon petit appartement pour venir m'installer chez lui. J'ai empilé les antidouleurs sur la table de nuit et attendu qu'il me fasse à manger. Nos chuchotements commençaient en général dans le noir complet du matin. Plus tard dans l'année, à l'aube, en Beauce, dans la maison de campagne de sa mère qui a deux défauts (on entend la nationale au loin et elle est située dans une cuvette qui décourage les promenades à vélo), je me suis réveillée et j'ai dit : « Au fait, est-ce que tu serais prêt à recommencer ? » Sur ce mauvais matelas, sous ces couvertures louches remontées jusqu'aux épaules, ses petits yeux brillaient. Il a répondu : « C'est ce que nous faisons déjà. »

Les difficultés de cette histoire, son deuil, l'existence de ses deux grands enfants et la naissance des deux nôtres ont capté mon énergie pendant des années. J'ai longtemps eu l'impression d'être une offre thalassothérapie spécial deuil. Il m'a bien fallu deux ou trois ans pour calmer la jalousie relative au fait que je n'avais pas été choisie contre sa femme, mais pour le soigner d'elle (et encore choisie, pas vraiment : j'étais dans le bureau d'à côté et je portais une robe courte). Un ou deux ans pour arrêter d'avoir besoin de la rabaisser dans ma tête. Et des années de plus pour ressentir de l'affection pour elle et pour finir par m'identifier.

Au printemps 2016, j'en étais là. Au calme et à l'identification. J'approuvais les messages Facebook qu'Igor publiait à chaque anniversaire de sa mort. Je regardais qui les likait avec assentiment. Je me demandais comment elle avait fait pour supporter tant d'années le bordel d'Igor qui sort des tas de choses et n'en rentre jamais aucune. J'approuvais la présence de sa photo d'identité dans son portefeuille. Je savais que, maintenant qu'elle était cassée, la montre qu'elle lui avait offerte était dans le premier tiroir de sa table de nuit, consacré à ces souvenirs-là. J'espérais (et craignais aussi) qu'il écrive plus tard un livre sur elle. J'avais évidemment peur de mes quarante-quatre ans. Je penserai à elle dès la première seconde de ce jour-là.

La veille du début de l'ère Joseph, tout était donc accepté. La famille recomposée se portait bien. Nous avions quitté son appartement d'homme marié. Celui où trônait, en face du lit, une photo d'elle en maillot de bain turquoise (je me demande comment j'ai pu vivre dans cette chambre et dormir dans ce lit conjugal, même si Igor avait pris son côté et que j'avais pris celui d'Igor). J'aimais leurs deux enfants qui, à leur tour, vivaient dans des deux-pièces. Dans notre nouvel appartement, il y avait toujours quelques photos d'elle – mais plus dans notre chambre – et les meubles qu'elle avait choisis à l'orée de ses quarante ans : fromager, buffet, table, coussins noirs. Cela m'allait. Tous les jours, j'effleurais ses choix et je la rattrapais en âge. Je travaillais. Je maternais mes garçons. Le soir, après les avoir couchés, je fumais une cigarette sur le balcon en rêvant au jour où ils prendraient leur douche seuls. J'avais hâte de me récupérer. Avec Igor, nous faisions l'amour une fois par semaine. C'était un bon rythme. La différence d'âge était excitante. Mon corps, éternellement jeune.

*

Après le pot du troisième étage et l'excellente conversation sur Boulogne-sur-Mer, Joseph était lui aussi accro. Trois jours plus tard, je l'ai croisé près du journal alors que je buvais une bière avec une stagiaire. Nous étions debout sur un trottoir. Il s'est installé à ma gauche. À dix centimètres de moi. Et il s'est balancé d'un pied sur l'autre : cette fois j'ai remarqué qu'il se balançait (je sais maintenant que, s'il ne bouge pas les jambes, c'est qu'il croise les bras). Quand je suis partie, il m'a suivie sans avoir de prétexte. Puis il a attendu avec moi l'amie blonde aux cheveux bouclés avec laquelle je devais dîner. Elle a garé son scooter sur la place. Il a attendu encore. Elle a marché vers nous, des mèches dépassaient de son casque. Il attendait toujours. Il n'a quitté mon flanc droit que quand, gênée par notre immobilité, elle a demandé s'il venait avec nous.

Quelques jours après, je lui ai proposé de déjeuner. Je l'ai emmené dans un resto qui a le double avantage d'être toujours vide et de proposer des sushis frais. Il n'aimait pas le poisson cru, mais il s'est laissé faire. Je lui ai raconté ma vie avec Igor et les enfants : j'ai présenté une version noircie de l'histoire pour ne pas le décourager (on le fait tous, mais c'est l'image que Joseph conservera toujours ; le regard qu'on porte sur les couples qu'on concourt à abîmer me fait penser à celui des enfants de trois ans sur les châteaux de sable des autres). Au retour du japonais, en bas du bureau, il m'a demandé si je voulais bien participer à son projet de création d'un espace consacré à l'art sur le site Internet du journal. Joseph s'énervait que notre magazine fasse toujours en sorte de ne jamais se démarquer. Nous sous-traitions cruellement l'architecture, par exemple, alors que c'était un créneau. « Ah oui, c'est vrai, t'as raison. » Avant de monter dans l'ascenseur, il a prononcé cette phrase qui m'attendrit aujourd'hui encore : « Notre journal ne traverse pas une crise, il en traverse six. » Voilà un jeune homme tout à fait capable de transformer de l'arbitraire en conviction.

C'était une idée parmi les cent qu'il avait pour nous sauver : en 2016, personne ne croyait plus aux hebdomadaires d'informations générales. L'intervalle inutile de publication, un récapitulatif de l'actualité sans objectif. L'été est passé avec quelques échanges de mails à propos du projet de site. Une fois le dossier monté, auquel j'ai vaguement participé, je lui ai écrit qu'il allait être reposant d'arrêter de se draguer (c'est surtout ce que j'avais fait). C'est ainsi que j'ai appelé la formulation du désir. Il m'a répondu qu'il aimerait justement qu'on continue. Je me souviens de l'endroit exact où j'étais quand j'ai lu ces premiers mots, qui annonçaient de l'action. J'allais chercher mon fils à la maternelle. J'étais à un mètre de la porte d'entrée. J'ai exécuté dans ma tête une diagonale de gymnastique au sol. Je fus, ce soir-là, une mère riant aux éclats. Ramassant les grains de riz tombés entre les lattes du parquet comme si c'était tordant.

Après cet échange, c'est encore moi qui ai proposé un verre. Un soir de septembre 2016, on s'est attablés à la terrasse d'un bar-tabac. On a parlé un certain temps du journal et de ses enjeux économiques : c'était de la conversation-prétexte, le signe de notre civilisation et de nos sentiments. À la fin de *Guerre et Paix*, à propos de Natacha et de Pierre qui s'aiment enfin et qui bavardent imprécisément, Tolstoï écrit : « De même que dans les rêves tout est invraisemblable, absurde et contradictoire, sauf le sentiment qui les commande, ainsi dans cette sorte de communication, contraire à toutes les règles du raisonnement, ce qui est clair et cohérent ce n'est pas le discours, mais uniquement le sentiment qui le commande. »

Puis la grille du bar a été tirée et on est passés en face : une brasserie touristique qui reste ouverte toute la nuit. Là, entourés d'étrangers buveurs de bière, la discussion a atteint son but. Joseph m'a dit qu'il était très embêté parce que c'était une histoire qui, si on lui laissait libre cours, allait nous amener à faire des cartons de déménagement. Il allait vouloir vivre avec moi. Comme il aimait la forme de mon nez et la façon dont je m'exprimais, il y pensait déjà en marchant dans la rue. Il nous imaginait dans un grand appartement avec de la lumière. Je ne savais pas quoi dire : je pouvais me figurer l'appartement et la lumière, mais je n'en étais pas là. J'étais bien chez moi. Surtout, je me demandais pourquoi c'était un problème qu'il voie les choses tourner aussi bien. Il a dit : « C'est un problème parce que je suis très lâche. » Cela m'a fait rire. Depuis quand les hommes lâches font-ils des annonces d'aéroport ? Depuis Joseph. J'ai compris après : la technique malicieuse consiste à présenter le pire de soi-même au moment où l'autre n'est pas encore susceptible de se fâcher. Pouvoir ensuite considérer que la personne a été prévenue. Déclarer les reproches à venir nuls et non avenus. S'en laver les mains. Bref, ce que j'ai cru être de la coquetterie était une de ses stratégies de fonctionnement.

Donc ce soir où je ne prenais rien de ce qu'il disait au sérieux, Joseph m'a expliqué qu'on ne s'embrasserait pas, parce que cette histoire n'était pas suffisamment légère pour être vécue. J'ai fait les yeux ronds : « Mais bien sûr qu'on va s'embrasser. C'est une évidence puisqu'on en a envie. » Vers 22 heures, nous étions de retour devant l'immeuble éteint de notre journal. J'aurais voulu faire disparaître le siège enfant jaune fluo de mon vélo électrique qui me rappelait ma trahison imminente. Je l'ai embrassé. Aucun souvenir de ça. Pas de sensation mémorable. Mais j'ai l'image de lui s'en allant vers la bouche du métro. Il ne sifflotait pas. Son corps était tendu. Il redoutait quelque chose.

Quelques jours plus tard, j'ai obtenu un deuxième verre. Joseph m'a dit qu'il ne voyait pas bien ce qu'il y avait à ajouter à la discussion précédente, mais il a traversé Paris pour me rejoindre. J'ai continué de penser qu'il minaudait gravement. Je sortais d'un rendez-vous avec un militant d'extrême droite qui habite dans les grandes tours du quartier chinois. L'homme est antisémite, mais il a une diction rapide et un fort accent du Jura qui me réjouissent toujours. Donc j'étais d'humeur joyeuse et optimiste. Et, optimiste, j'ai encore annoncé à Joseph que je voulais l'embrasser. Tandis que lui m'a une nouvelle fois expliqué pourquoi cette histoire n'aurait pas lieu : «J'ai rencontré ma compagne très jeune et j'ai tout projeté sur elle» (il a fait le geste de projeter de l'eau sur quelqu'un). «Tu provoques chez moi des sensations inédites. Mais ce que je voudrais, c'est te mettre sous une cloche de verre et te poser sur mon bureau.» Pas plus que ça. Un destin de fromage, en somme. En haut des marches du métro, il m'a dit adieu.

J'ai avancé dans le couloir de cette station du sud de Paris, une des rares que je ne connaissais pas, en haussant les épaules à plusieurs reprises et de plusieurs manières. Bon. J'avais été jetée. Igor m'avait habituée à prendre et à réfléchir après. Lui n'osait pas toucher. Très bien. En attendant la rame, j'ai pensé au test du Marshmallow. L'expérience de sciences sociales dans laquelle on assoit un enfant de maternelle, seul dans une pièce, face à une guimauve. On lui donne une consigne : il peut l'avaler tout de suite, mais s'il résiste et attend le retour du chercheur, il en aura une seconde. Il y a les enfants qui parviennent à attendre (et réussiront bien dans la vie) et les autres. Et puis il y a Joseph, quatre ans, qui n'a jamais desserré les lèvres.

Les jours qui ont suivi ce premier adieu, j'ai senti le processus de dégrisement. Mon visage a perdu des points de symétrie et mon corps s'est tant ramolli qu'en rentrant d'un reportage à Rouen j'ai fait un malaise dans un train. Je suis tombée dans les pommes. Joseph l'a appris et il a réfléchi : peut-être n'étais-je pas si menaçante si j'étais du genre à m'évanouir, comme une femme du XIXe siècle, dans les transports ? La semaine d'après, alors qu'il prenait de mes nouvelles, je lui ai reproché son sang-froid d'espion russe. Il a souri, nous nous sommes quittés poliment. Une heure plus tard, il a fini par m'écrire qu'il voulait *me voir tout de suite.* (*Je veux te voir maintenant, Seule, Nous nous verrons mardi, Viens* : Joseph pousse très loin l'érotisme de ces formules autoritaires.)

J'ai accepté et, au milieu du mois de septembre, à cent mètres de l'entrée du journal, à la terrasse d'une mauvaise boulangerie, s'est assise une personne qui avait changé d'avis du tout au tout. Joseph m'a annoncé avec solennité qu'il était d'accord pour vivre notre histoire. Il en avait parlé à une amie qui l'avait convaincu. Elle lui avait dit : « Vis-la. » J'ai entendu : « Mange-la. » Je n'étais plus une thalassothérapie, mais une fringale nocturne. Je n'ai posé aucune question, parce que j'étais ravie et que Joseph m'en posait déjà plein comme : « Alors quand est-ce qu'on part en week-end ensemble ? » Mais aussi, et on a passé plus de dix minutes sur celle-ci : « Comment s'écrit-on de façon sécurisée ? »

Ce que je me cachais à moi-même : il est évident que ma priorité était de sentir son corps contre le mien alors que la sienne était de protéger l'édifice principal. J'étais poreuse au possible. Transportée comme si ma vie était sur le point de recommencer. Il était étanche comme la plupart des objets de chez Muji. Avant que cela ne s'enracine, selon son expression, il repartirait faire des enfants chez lui. Il n'envisageait rien d'autre.

*

Il y a un refus initial de nous laisser une chance d'exister. Il y a une montagne de sensations amoureuses vivantes. Et il y a trois ans perdus à réfléchir à ce paradoxe. 2016-2019.

J'ai mis trois ans à comprendre qu'on peut vraiment mettre à distance l'affection et le désir qu'on ressent pour quelqu'un. Qu'on peut même croire avoir de très bonnes raisons de le faire. Je l'ai notamment compris en lisant des monceaux de psychanalyse. La première révélation fut la lecture d'*Au-delà du principe de plaisir* de Freud, qui décrit le plaisir comme une stabilité organique et la pulsion de mort comme une force qui la maintient en abolissant les excitations internes. Une lance d'incendie intérieure, en fait. Joseph, que je n'ai pas peur de définir sans savoir si cela existe comme un être pulsionnel, est très rapidement passé avec moi d'une pulsion de vie (sexuelle) à une pulsion de mort (évacuation de la vie). Ou, pour le dire autrement : j'ai été ingérée puis recrachée. Freud appelle *Ausstossung* les mécanismes d'expulsion hors du sujet. J'aime beaucoup ce mot. On dirait qu'il veut dire « Code de la route » en allemand.

J'ai aussi mis trois ans à comprendre que rien ne pourrait renverser la tendance. Ni le degré d'affection ni le degré de désir, et surtout pas ma volonté – qui était grande. Dans *Justine*, de Lawrence Durrell, le narrateur loue les liens fondés sur *le repos de la volonté.* Le repos de la volonté ! Quand toute son énergie mentale est consacrée à se demander comment retenir quelqu'un, cela fait envie.

*

L'expo de Joseph en Hongrie est terminée. Je l'ai appris en lisant un article contrasté dans *Libération.* Il doit être de retour à Paris, mais je n'ai plus d'échanges avec lui. J'ai la peur irrationnelle qu'il m'engloutisse si je lui reparle, que ma pensée se remette à son service. Ces dernières années, j'ai développé une sorte de syndrome post-traumatique : s'il m'adresse cinq phrases, chacune d'entre elles doit ensuite être revécue et digérée ; ce qui peut prendre plusieurs heures. Je dois faire la part entre ce que j'ai entendu, ce que j'ai perçu et ce que j'ai compris. Je deviens une gare de triage. Toutes les phrases entrent dans mon corps sans discrimination et je les examine. Plus il y en a, plus je perds du temps. Je crois que j'ai installé ça quand j'ai compris que lui-même ruminait tous les détails de nos conversations.

Cette histoire est bel et bien finie, mais ce soir de mars 2019, je veux annoncer à Igor que la réussite artistique de Joseph m'oblige à reconsidérer en urgence mes propres espoirs. Le père de mes enfants rentre des soixante ans de son plus vieil ami. Il me demande si je veux connaître les derniers ragots de sa bande de copains. Je dis oui, mais il me parle d'un couple que je n'identifie pas. Je me reprends :

— Laisse tomber en fait, je ne sais même pas de qui tu parles.

Puis :

— Je viens de m'engueuler avec ma mère.

— Ah bon ? On n'aurait pas dit. Quand je vous ai laissées, vous aviez l'air de manger une salade.

— On faisait les deux. Je lui ai dit que je voulais me remettre à l'art vidéo, mais elle a fait comme si elle n'avait pas entendu.

— Tu vas retourner filmer des arbres en Corrèze ? Désolé, mais je ne comprends pas ton délire.

Je ne fais plus de vidéo depuis que je suis mère. C'est devenu trop difficile de dégager du temps sans culpabiliser. Chez moi, comme partout, le mot *maman* est utilisé sans égard et souvent plusieurs fois de suite. Interjection de l'enfant chaque fois qu'il sort de ses pensées. *Maman* signe le retour au monde après une activité absorbante de trois minutes. *Me revoilà. Je veux de l'eau, un jouet, une feuille blanche, que tu me regardes.* Au final : la rêverie poussée dans une trancheuse à jambon.

— Non, pas des arbres. Je voudrais partir à Ouessant quelques jours. J'ai l'impression de stagner alors que Joseph et toi vous épanouissez. C'est insupportable. Ma vie a une seule couche et les vôtres plusieurs.

— Quoi ? Que vient faire Joseph là-dedans ? C'est à cause de lui que tu vas me laisser seul avec les enfants ? Tu plaisantes, j'espère ?

— Ah d'accord... Mais Igor, est-ce que tu m'as déjà demandé une seule fois l'autorisation pour faire quelque chose ?

— Non ! Mais cela me rend dingue que ce soit Joseph qui t'inspire l'envie de t'y remettre. Tu as mauvais goût. J'aurais dû aller lui casser la gueule.

— ...

— Si je te fais un massage de pieds, est-ce que tu peux renoncer à Ouessant ?

(Je l'ai dit à Igor, pour Joseph. Je garde les circonstances dramatiques de cet aveu pour plus tard.) (Je suis une grande utilisatrice des *Ah d'accord* dans les disputes.)

Quant à ma mère, si elle ne m'a pas entendue quand j'ai parlé de vidéo, c'est parce que le manque de confiance circule très bien chez les femmes de notre famille. Elle trouve que mon parcours professionnel est admirable. « Que tu sois une bonne journaliste, je n'en doute pas. » Et qu'il ne faut pas tenter le diable. Elle m'a transmis le goût de la musique classique et de la littérature, et c'est déjà très bien. « Sortir des choses de ses tripes, c'est une autre affaire. » Elle sait que la vidéo m'est nécessaire depuis qu'elle m'a surprise en train de filmer les pieds de mon grand-père mort au travers d'un couloir. Mais elle évite toujours la discussion. Elle a peur que ce que je produise ne soit pas à la hauteur de ce qu'on aime.

Le lendemain de l'engueulade, Igor me dit qu'il en a marre de tout ce qui a commencé chez moi avec l'apparition de Joseph. De mes conversations WhatsApp avec mes complices du journal, de ma psychanalyse, de ma vie intérieure en général, des livres d'art que je rapporte par paquets. Et maintenant, de cette entreprise de délaissement familial. Ras le bol de mon indépendance et de mes provocations (des synonymes, ici, visiblement). D'ailleurs, il ne me pardonne pas de l'avoir trompé. Il pense me quitter si je continue d'être aussi autocentrée. Le surlendemain, il exige que nous retrouvions des *abeilles* dans nos ventres respectifs. Des papillons, tu veux dire ? Il répond : « Oui, je veux de la passion, de la jalousie et du cul si tu veux que je supporte tes élucubrations pseudo-artistiques. » Je me demande si on va devoir coucher ensemble tous les jours pour que j'aille à Ouessant. Si c'est le cas, j'ai peut-être la flemme.

*

C'est après cette discussion avec Joseph à la terrasse de la boulangerie, en septembre 2016, que la passion a démarré. Sa compagne n'était pas là. Elle était partie en mission quelque part. Joseph a mis fin à toutes ses inhibitions. Il est effectivement devenu l'incarnation du mot *pulsion*. Il a soulevé la cloche de verre dont il voulait décorer son bureau et s'est empiffré comme un animal fou. Je pense vraiment, en écrivant ceci, à des groins de cochon sniffant des farines animales. Ou à des taupes, mais que mangent les taupes ? En fait, on aurait dit qu'il se laissait aller à son envie de me dévorer – et qu'en retour il a lui-même eu peur de l'être.

Au début, j'ai essayé de calmer le jeu. Pour notre premier rendez-vous, nous avions choisi les chaises inclinées du jardin du Luxembourg. Je le trouvais articulé et intelligent, et j'ai passé ces premières heures à faire en sorte qu'il ne se rende pas compte que je l'étais moins que lui. À un mètre de nous, des enfants, qui apprenaient à jouer au tennis, riaient de nous voir aussi fébriles.

Mais, grâce à moi, nous ne parlions plus de cartons de déménagement. J'affirmais qu'il faudrait arrêter net notre histoire quand il projetterait de faire un enfant avec son amie. J'étais la sagesse et l'expérience. La mère responsable qui n'allait pas partir de chez elle en cinq minutes. Joseph acquiesçait. *Oui, oui.* Mais c'était déjà trop tard. Il ne vivait pas normalement, mais par flambées. Il lui a suffi d'une semaine pour imposer sa façon de faire et m'emmener dans un état d'excitation proche de la folie.

Il voulait être un drone pour me suivre dans les rues de Paris. Il dessinait les lignes de mon visage et caressait mes cheveux en ayant l'air de ne pas y croire. Il avait lu tous mes articles, même ceux sur la ménopause. Il partait à ma recherche sur Internet, comme si j'y habitais. Il aspirait tout ce que Google disait de moi. Il voulait être un Anonymous, pour hacker mon téléphone et le fouiller intégralement, le mettre à sac, mais ça aurait été immoral et il ne savait pas faire. Il se demandait comment mon existence avait pu lui échapper si longtemps. *Où étais-tu ?* Il dessinait mon prénom en bleu cent fois sur une toile. Il composait une chanson sur mon kidnapping. Il avait les larmes aux yeux d'émotion en remontant mon fil Facebook. Et puis, il voulait me baiser tout le temps et me le dire. Être en moi. Me mordre le cou. Il me voulait allongée, trempée, pénétrée, brûlante, collante, couverte de lui, sous lui, que je voie et que je sente comme je le faisais bander. Il voulait que j'aie des spasmes et regarder ma chatte enfler. Se désespérer de lui. Mendier. Ou ne plus en pouvoir, mais lui céder. Il proposait que je vienne le faire jouir là, tout de suite, à son bureau devant tout le monde (tant pis si ça leur déplaisait, il n'en avait plus rien à foutre). Il se masturbait trois heures de suite. Il restait au bord de l'orgasme pour pouvoir recommencer plus tard. Il s'épuisait. Parfois, je rentrais chez moi le pantalon mouillé jusqu'aux genoux. Il me parlait en faisant l'amour. Où tu veux la prendre, et comment. Puis où tu veux que je jouisse. Il me demandait où j'étais et quand j'arrivais. C'était urgent. Son sexe vibrait. Avait atteint une raideur maximale. Mais où j'étais, merde ?

Il n'écoutait pas l'ami avec lequel il était en train de dîner parce qu'il n'y avait que moi, partout, derrière son front. Et moi, j'allais justement lui dire que son front m'émouvait comme jamais aucun auparavant. Lui dire aussi que j'aurais voulu passer ma vie à manger la pâtisserie allemande que son nom de famille m'inspirait. Quand il apparaissait dans ma boîte mail, je le léchais, je tournais mentalement autour de lui avant de me résigner à le faire disparaître en ouvrant le message. Je lui disais à quel point il était bon de l'attendre. D'être à une minute de le lire ou de le saisir. En une semaine, telle était l'ampleur des dégâts.

À ce rythme, mon corps est très vite entré dans un état inflammatoire généralisé. Ma tête était envahie d'images érotiques. Pour me livrer à elles des jours entiers, j'aurais pu jeter tous mes proches à la poubelle. Vendre mes parents à une police quelconque. Hurler des insultes dans les couloirs du journal pour me faire licencier sans préavis. Les mots de Joseph tournaient dans ma tête pendant des heures. Leur phase d'assimilation était longue parce que tout était excessif. Ses mails érotiques parfaits, sans faute de goût, contractaient toute ma ceinture abdominale dépourvue d'abdos. *Je commencerais par [...]. Puis d'un coup je sortirais de toi et ça te rendrait triste.*

Mais à la chaleur de ce langage, mon orgueil ne s'étirait pas mollement comme quelqu'un qui se délasse dans une étuve. Non, c'est la première fois qu'on me parlait comme ça, et j'en crevais. En cette rentrée 2016, je vivais au-dessus de mes moyens. Dans *La Ferme*, l'écrivain américain John Updike écrit que, amoureux, il lui semblait que son cœur franchissait les limites autorisées de la joie humaine. Moi, ce n'était pas de joie qu'il s'agissait. Cela cognait et c'était douloureux. C'était comme l'aiguille d'une balance tapant obstinément contre le maximum. Passant de part et d'autre du trait rouge alors que ça fait mal. Sans cesse et si fort qu'il vaudrait peut-être mieux, pour elle et pour le reste du monde, qu'elle se casse.

Alors qu'au journal un plan social avait lieu, que des informations capitales s'échangeaient en assemblée générale, que notre industrie s'éboulait dans les couloirs où de jeunes journalistes pleuraient, nous, nous nous respirions la nuque. *Viens en AG, je veux me mettre pas loin de ton parfum.* Rien à foutre des organigrammes-cibles et du licenciement de ceux qui ont le moins de points RH. Nos cerveaux apolitiques étaient baignés d'ocytocine et de dopamine (source : *Marie Claire*). Nous commentions, détail après détail, nos beautés respectives et nous profitions de la démotivation générale pour faire des tours de quartier.

— T'es beau. Tout le temps, mais encore plus quand tu portes du noir.

— C'est marrant, j'étais justement en train de penser que t'étais belle. Mais je ne posais pas de condition vestimentaire.

— J'ai toujours peur que tu redescendes.

— Je ne pense qu'à toi. Depuis ce matin, je résiste à l'idée de monter dans ton service réclamer toute ton attention.

Et puis, l'anniversaire de mon père est arrivé. Joseph a voulu m'accompagner à Rennes. Nous allions passer notre première nuit ensemble. Dans le train, sur ses conseils, je lisais *L'Homme sans qualités* de Robert Musil, comme j'avais lu *Vie et Destin* de Vassili Grossman pour faire plaisir à Igor. Chaque histoire vient avec des devoirs à faire. Pendant la fête, il m'a attendue dans un bar. Comme j'avais peur qu'il s'ennuie, me quitte et reparte à Paris, je lui écrivais des SMS sous la table. Et au dessert, j'ai reçu un : *On se soûle ce soir ?* C'est drôle, parce que je me souviens de ce message anodin comme de la première dissonance cognitive. Je ne me saoule jamais. Je n'ai pas d'histoire familiale particulière avec l'alcool, mais j'ai des phobies. Parmi elles, la peur de l'avion, des tiques et des couples dans le cirage. Des binômes dont le système de valeurs ne marche plus, qui s'encouragent dans l'erreur et se rétament la gueule par terre en riant. J'ai quand même répondu : *Oui bien sûr !* Mais une fois dans le bar, je n'y suis pas arrivée. Je suis programmée pour me coucher à 21 h 30 avec un Balzac. Je lui parlais avec sérieux et je buvais ma pinte à petites gorgées façon Marie-Antoinette. La soirée d'ivresse n'a pas eu lieu. La conversation n'était pas fluide. Au bout de vingt minutes, on a rejoint notre hôtel médiéval aux poutres romantiques (ou l'inverse). J'avais la sensation que quelque chose s'était joué ce soir-là. Que Joseph m'avait vue comme trop adulte. Comme une personne avec laquelle les rôles ne pourraient jamais s'inverser. Comme une dame qui finirait par le gronder et par lui mettre des coups de pied au cul.

À Rennes, le lendemain matin, avant d'avoir l'idée géniale de tirer les rideaux, Joseph et moi avons baisé dans une lumière agressive à cause de ces deux immenses fenêtres à gauche du lit. Joseph, qui consomme régulièrement du porno, s'est adapté à ma façon non inventive de faire l'amour. Il a découvert à cette occasion le bon sexe sans technique. Ma spécialité. Une histoire de bassin. Puis, les règlements d'hôtel étant ce qu'ils sont et toujours les mêmes, nous nous sommes retrouvés dans la rue à 11 heures, en direction du musée de la Marine. Peu motivés. Intention faible. Si bien qu'en chemin on s'est plutôt arrêtés dans une crêperie, l'autre spécialité de Rennes. On s'est installés en terrasse sur une table en métal pas droite. À côté de nous, un couple mangeait tête baissée alors que de nos yeux coulait du miel. J'ai dit à Joseph que j'aimerais les rassurer : c'était l'adultère avec un grand A qui déjeunait à côté d'eux. Les couples comme nous sont des entités dopées qui ont à dispo un sujet de conversation formidable : eux-mêmes dans l'impossible.

Ce que je ne savais pas encore, parce que j'étais une novice de l'extraconjugalité, c'est que cette formidable conversation sur l'impossibilité de faire couple ne peut être tenue qu'en nombre limité. C'est comme une machine à laver dans laquelle on mettrait une poignée de vis en plus chaque fois qu'on l'utilise. À la fin, les morceaux de métal volent partout, détruisent le moteur et éraflent les joues. Cette discussion, si elle ne trouve pas d'issue dans les trois premières semaines, devient un fardeau. Lorsque la fréquence des reproches grandit avant même que la décision de s'unir ait été prise, la possibilité d'une histoire d'amour s'éteint.

J'ai appris plus tard, puisqu'ils étaient dans le train de retour pour Paris, que ce couple, qui avait déjeuné à côté de nous, était lui-même extraconjugal. Yann et Sophie travaillaient, depuis dix ans, à la CAF de Rennes. Ils s'étaient charnellement rencontrés lors d'une mission : ils avaient dû aller ensemble remonter les bretelles d'un médecin du Finistère qui délivrait trop d'arrêts maladie par rapport à la moyenne nationale. Fléau d'empathie en Bretagne. C'est dans les embouteillages du retour, à l'entrée de Rennes, que leur passion a démarré. Yann s'était penché pour attraper une bouteille d'eau dans la boîte à gants. Sa main s'était arrêtée sur la cuisse de Sophie. Deux ans sont passés : la passion s'est émoussée. Dans le train, j'ai aussi découvert que Yann n'était pas du tout l'homme silencieux que nous avions vu à la crêperie. Au contraire, il parlait tout le temps. Sa parole était continue et annulante. Nous n'avons pas pu en placer une. Il nous enduisait, Joseph et moi, de ses mots convenus. C'était dégoûtant. Cela a gâché le retour. (Mais s'ils me lisent, je voudrais quand même leur dire que j'ai eu tort de me moquer du tas de chantilly sur leurs crêpes. Une anorexie amoureuse, c'est drôle deux jours, le temps de l'éprouver et d'en parler à deux amies. Mais j'ai perdu dix kilos cette année-là. Sur les photos de famille de l'été qui va suivre, cela me frappe, je suis entourée de mes enfants, ce sont bien les miens, mais je n'ai plus le corps d'une mère : mes bras ressemblent à des tuyaux.)

Avant de monter dans ce train, Joseph a proposé de retourner dans n'importe quel hôtel plutôt que d'aller observer des nœuds de cordes dans un musée. J'ai acquiescé. Nous avons atterri dans un Kyriad en face de la gare, devant lequel je repasse chaque fois que je vais voir ma famille bretonne. Nous sommes entrés dans une chambre aux murs violets et noirs dont la déco était inspirée de *Star Wars*. Au lit, Joseph m'a demandé de lui dire que je l'aimais. Difficile de refuser dans cette situation. Je lui ai dit « je t'aime » alors que je n'en étais pas là. Je crois qu'il veut d'autant plus prononcer ces mots qu'il les considère comme interdits. Nous avons quitté l'hôtel une heure plus tard. Je le vois encore dévaler les marches de l'escalier de service, son sac sur l'épaule, exalté. Il était aussi heureux du moment que nous venions de passer que de la bonne histoire à raconter. À l'accueil, il a prétexté une urgence familiale pour rendre les clés. La mort d'une grand-tante. J'étais gênée et heureuse.

Les nourrissons serrent les poings autour de leur tête. Les enfants de neuf mois se dirigent avec extase vers les prises électriques. Cela s'appelle *le développement comportemental*, et cela nous rappelle que nous sommes une espèce. De la même façon, quand le stade amant en escapade amoureuse est atteint, les humains jouent toujours avec l'idée que, si l'un des deux meurt en cours de route, l'adultère sera découvert. La vie entachée au passage, et l'enterrement très bizarre. Une pensée ici pour ce pauvre Félix Faure, président en poste à l'époque de l'affaire Dreyfus. Au quatrième paragraphe de sa page Wikipédia, on rappelle qu'il est mort d'une fellation donnée par sa maîtresse dans le salon bleu de l'Élysée. De retour à Paris, j'étais soulagée de ne pas être morte à Rennes et j'avais l'odeur de Joseph partout sur moi, comme une seconde peau.

*

Mais c'était trop tard pour ne pas devenir folle. Dès notre retour, j'ai commencé à paniquer. Je ne contrôlais plus rien. J'avais l'impression qu'un fleuve trop large devait entrer dans un lit trop étroit. J'étais affolée par l'intensité de ce que je ressentais. Surtout, j'avais un énorme problème : quand je regardais Joseph, je trouvais qu'il avait l'air super serein. Il avait la tête d'un type qui revient d'une balade en forêt et qui va bientôt aller se faire un thé dans la cuisine. Il était simplement vivifié par ce que nous vivions.

Moi, il faut imaginer le tremblement cumulé des mains de tous les pensionnaires d'un EHPAD pour comprendre ce qu'il se passait à l'intérieur de mon corps. À l'époque, je ne m'expliquais pas cette inquiétude. Mais il est probable que je commençais seulement à mettre en parallèle mes émotions très fortes et les premières déclarations de Joseph sur sa lâcheté. Par ailleurs, le mec faisait des nœuds dans ma tête en m'écrivant des phrases rythmées et subcontraires comme : *J'ai peur que tu m'aimes, que tu ne m'aimes pas, que tu m'aimes trop, que tu m'aimes moins.* Comment ça, tu as peur que je t'aime ? Cinq minutes plus tard, émue par autre chose, je mettais de côté cette question pourtant excellente pour laisser l'intensité sexuelle et amoureuse grandir encore. L'important étant de toujours situer l'autre géographiquement :

Moi : *Tu es où ?* Lui : *Au journal. Enfin pas loin, j'achète un sandwich.* Moi : *Ok.* Lui : *Toi ?* Moi : *Au journal vraiment.*

Moi : *Tu es au journal ?* Lui : *Non.* Puis : *J'y arrive dans pas longtemps.* Moi : *Ok.* Lui : *J'y suis là en fait.*

Combien de temps, encore, avant qu'il soit à portée de main ?

Lui : *Je suis là dans vingt minutes selon les syndicats, quarante selon la police.* Moi : *Je crois toujours la police.* Lui : *C'est bien les journalistes, ça.*

Un mardi, nous avons passé l'après-midi dans une chambre du quartier. C'était ma première fois pendant les heures de travail. J'ai bien aimé la sensation de vulgarité qui accompagne le fait d'entrer dans un hôtel à midi. Et de n'utiliser le lit que comme une surface, alors que l'hôtellerie offre pompeusement une multitude de services. En faisant l'amour, Joseph m'a dit qu'on ne commettait rien de mal. Sur le moment, j'étais d'accord. J'ai hoché la tête. C'est vrai qu'on se livrait à pas grand-chose. Rien de stratégique, en tout cas. Juste un mouvement de va-et-vient, mondial et antédiluvien. Qui ne dérangeait ou ne retirait rien à personne. Je ne culpabilisais pas. Je ne réalisais pas encore que tout ça allait se payer. Je me souviens de la grande couette blanche, de la couleur taupe sur les murs que les archis d'intérieur semblent tous avoir avalée au petit-déjeuner et de ces discussions insincères d'amants : de celles où l'on s'invente des projets, où l'on modifie légèrement ses opinions politiques, où l'on remet de la cohérence dans des parcours qui n'en ont pas. De celles où l'on transforme un pauvre document de quatre pages reposant sur le bureau de l'ordinateur en ébauche de livre. Tout ça pour dire : ma vie est en mouvement.

Parce qu'à cette époque, peut-être pour lui plaire d'ailleurs, je tournais autour de l'idée d'écrire un livre sur un troll raciste de Twitter. Sur le lit, on en parlait. Actif dans ce qu'on appelle la fachosphère, Romain se présentait comme un ancien élève de l'ENA et il passait pour un as de la désinformation. Mais dans un café à Saint-Germain-des-Prés, j'avais surtout découvert un jeune homme aux cheveux excessivement emmêlés. Romain se promenait dans Paris avec son ancienne carte d'étudiant, de fausses étoles en cachemire et plusieurs sacs plastique. Il m'offrait des cadeaux. Il écrivait de la poésie pas mauvaise. En parlant à ses proches, j'avais finalement compris qu'une agression, une nuit, sous la tour Eiffel, avait planté son cerveau et qu'il était devenu raciste à ce moment-là. Les troubles cognitifs s'étaient mal goupillés. Comme dans le film *Tout le monde dit I love you*, où le fils du personnage joué par Woody Allen, qui a l'artère bouchée, se met à voter républicain. Que faire de Romain ? Peut-on écrire sur quelqu'un qui n'est plus vraiment là ? En fumant une cigarette à la fenêtre, Joseph a répondu oui à cette question. Pour lui, le journaliste doit accepter sa médiocrité. Il se nourrit de la vanité ou de l'ignorance des autres : il gagne leur confiance et les trahit. Il n'y a pas de bon article sinon. Il est toujours difficile de dire si les conseils de Joseph, contre-empathiques, de grand prédateur vivant dans un monde de grands prédateurs, sont bons ou très mauvais. Mais l'idée du livre a été abandonnée trois semaines plus tard, lorsque Romain a entamé une cure en hôpital psychiatrique.

Ce soir-là, j'ai quitté l'hôtel à 18 heures. J'ai fait un sourire gigantesque en ouvrant la porte de chez moi et j'ai foncé dans la salle de bains. Je me suis enfermée à clé, j'ai pris une douche et, enroulée dans une serviette, assise par terre, j'ai lu le message que j'avais entendu arriver de ma baignoire.

> J'espère que tu passes une bonne soirée de mère digne. Ils ont de la chance, tous ces gens qui passent leurs soirées avec toi, sans effort, sans intrigue, comme si c'était normal. Moi aussi j'ai envie que tu me bordes, mais ça personne n'en a rien à foutre. Je suis inconsolable de t'avoir laissée.

En m'endormant, j'ai pensé que, si au bout du compte nous nous mettions ensemble, j'allais devoir lui faire un enfant puisqu'il n'en avait pas. Les miens étaient encore jeunes. Recommencer, c'était repousser l'histoire des douches seuls d'autant d'années. Je l'ai envisagé plusieurs minutes et cela a laissé place à un cauchemar : des centaines de balles de tennis sortaient de moi. Combien de temps allais-je encore laver les dents du fond de petites personnes ?

*

Selon mes archives personnelles, ce sont les tout derniers jours d'octobre que Joseph a montré les premiers signes de recul. Tout à coup, je ne sais pas pourquoi, il a tenu à me faire comprendre qu'il ne quitterait pas sa compagne. Tout en continuant avec les *je t'aime* et *je te baise* en intraveineuse, il a commencé à balancer d'horribles déclarations dans d'horribles lumières blanches de déjeuners. Dans un resto gastro proche du boulot, devant des assiettes et des couverts aux formes insolites dont on ne savait pas quoi faire parce que lui et moi n'avions plus faim depuis des semaines, il s'est mis à envoyer de petites giclées de méchanceté. Avec l'index et le pouce. Visant mon front. Devant les entrées, il m'a annoncé qu'il avait reçu un très joli mail de sa compagne et qu'il allait la rejoindre sur son lieu de mission grâce à un jour férié et un pont, la semaine d'après. Ils allaient saisir l'occasion de se retrouver. C'était bien normal. Donc voilà, il partait quatre jours à Metz (la ville de *La Traviata*).

Très joli mail. Très joli mail. Très joli mail.

J'ai été surprise que mon assiette, les aliments microscopiques à l'intérieur, ma chaise design et le sol juste en dessous ne soient pas instantanément noyés dans une mare de sang. J'étais blessée. Jalouse. Je souffrais qu'il ne pense pas que notre relation, puisqu'elle était si forte, soit de nature à tout remettre en question. Au moins l'usage des jours fériés. En rentrant au journal, drapée dans ma dignité, j'ai envoyé un mail dans lequel je lui demandais de ne plus jamais m'écrire. *Laisse-moi du temps. Je reviendrai vers toi. Je n'en peux plus.* (Sans peur du ridicule.) C'est un de mes premiers mails dits de 14 heures : ceux envoyés dans la foulée d'un déjeuner frustrant. Joseph m'a répondu qu'il avait envie de se crever les yeux de m'avoir blessée. (Niveau de ridicule équivalent.) Mais il ne se dédisait pas. Restait placide comme un juge qui, jusqu'alors perçu comme humaniste, viendrait de prononcer une peine de mort en Louisiane.

Nous y sommes. Voici comment les petits amants prennent la main. Ils transmettent l'idée que le mal qu'ils font à l'autre leur glace le sang, mais qu'ils n'y peuvent rien. C'est la fameuse responsabilité sans faute que l'on retrouve en droit civil. *Attention, ne te méprends pas. Si je te fais du mal, ce n'est pas forcément parce que je me comporte mal. C'est peut-être même le contraire.* Bien sûr, c'est faux : ce qui est vrai, et Joseph a admis en faire partie dès le premier soir, c'est qu'il existe des hommes qui vivent, au-dessus de leurs moyens sentimentaux, des passions amoureuses sans courage. Pour gagner du temps, ils déclarent la situation immuable. Une donnée imposée par Dieu. Et au lieu de dire *je ne veux pas*, ils disent *c'est impossible*. Ce jour-là, Joseph a répondu à ma tristesse comme s'il n'avait aucun moyen d'agir dessus. Comme s'il était sans bras, sans jambes, juste un cœur battant posé sur une table. *Avant ce silence, j'aimerais que tu saches que je suis amoureux de toi.*

Hélas, le grand silence, imposé par moi et regretté la minute d'après, n'a duré qu'une journée. Et Joseph a très vite pu se réessayer à la cruauté amoureuse. La petite pièce des tortures, un cran de supplice au-dessus. Ou d'un autre point de vue, la simple affirmation de son autonomie. Cette fois, nous étions dans une salle de réunion du journal quand il m'a annoncé qu'il avait organisé un week-end en amoureux avec sa copine. Deux nuits dans une yourte en Normandie. C'était nécessaire : entretenir sa relation primaire, c'était permettre à la nôtre de prendre tout son temps.

D'ailleurs, toi aussi, soigne bien Igor.

Sur le moment, je l'ai fermée. J'ai fait semblant de comprendre son histoire d'équilibre précaire à quatre. Mais toute la nuit, j'ai tourné sur moi-même et en arrivant au journal, le lendemain matin, je me suis mise à consulter les nombreux sites Internet qui proposent une offre touristique aussi débile. J'ai tapé « yourte » + « campagne normande » + « romantique » dans Google. Il y avait des dizaines de propositions autour du concept. Pour des raisons qui m'échappent aujourd'hui, j'ai cru trouver le bon lieu et, comme une femme trompée balance le string rouge d'une maîtresse sur la table du petit-déjeuner, je lui ai envoyé le lien du site en question en l'insultant. Il dormait encore.

En y repensant, c'est à cette minute exacte que je suis devenue une abominable pleureuse aigrie. Abréviation : APA. Définition : posture victimaire qui ferait instantanément débander n'importe qui. Et qui fait généralement désaimer les amants en quelques semaines. J'y étais. Je me reconnais en Berthe, la femme de Paul Signac délaissée pour une autre. J'ai lu le livre qui lui est consacré, en souriant, deux ans plus tard. Charlotte Hellman, arrière-petite-fille du peintre néo-impressionniste, écrit à propos d'elle : « l'épouse tendre et parfois tempétueuse, est devenue même si elle s'en défend banalement pleurnicheuse, râleuse, évidemment elle fait tout ce qu'il faudrait éviter, tombe dans tous les pièges de la femme victime, les reproches, les larmes, la culpabilisation ».

Donc, ce matin-là, j'étais Berthe Signac version 2016 puisque j'avais écrit un *va mourir* à 9 h 03. Puis, quinze minutes plus tard : *Pardon, je passe de la colère aux larmes. Oublie ce message.* L'insulte puis la flagellation. La femme erratique. Le pire des scénarios. Manquaient le seau sur la tête et un rire saccadé pour finir de passer pour une dingue. De son côté, Joseph avait à présent la confirmation qu'il pouvait tout me faire. Des centaines de milliards d'heures plus tard, il m'a répondu que mes messages matinaux l'avaient rendu furieux. Qu'ils étaient d'une méchanceté invraisemblable.

J'avais tout bonnement l'air d'être décidée à saccager notre truc.

Relire sa réponse, des années plus tard, me remet dans une rage de sorcière. Et si je l'étais à l'époque, c'est parce qu'à ce stade de notre histoire je ne pouvais plus coucher avec Igor. J'avais même du mal à le regarder dans les yeux. J'étais en colère parce que j'étais de mon côté absolument incapable d'imaginer un week-end spa-yourte-massage en amoureux ou n'importe quelle autre connerie de ce genre. Pas parce que mon couple était moins en forme que le sien, comme il semblait le penser, mais parce que je n'avais et n'ai toujours qu'un seul gros câble sensitif et qu'il l'avait bourré de sa substance de toutes les manières possibles. J'étais en colère parce que je ne me voyais plus vivre sans lui et que j'avais maintenant la certitude qu'il était en train de détruire tout ce que j'avais construit, depuis sept ans, pour rien. Pour m'installer dans un garde-manger, en grande périphérie de la pièce principale. Je voulais, moi, que notre relation parle ou se taise à jamais. Et puis, j'étais excédée parce que je commençais aussi à entrevoir, s'étalant devant moi, un temps de récupération de moi-même long et incompressible. Environ le temps de la liaison multiplié par cinq. L'histoire très cher payée.

Quand, un matin de novembre 2016, Donald Trump a été élu président des États-Unis, Joseph est la première personne à qui j'ai eu envie de parler. J'ai côtoyé la fille de Trump, Ivanka, quand j'étais ado, dans un camp de tennis américain. Un jour, je l'ai battue en double : cette fille est très belle, mais elle ne court pas. Je le dis pour l'Histoire. Le soir de l'élection, j'ai ressorti les photos d'elle mal cadrées (mais en maillot de bain), que je conserve depuis des années dans une valise rose d'enfant Bugs Bunny. J'en ai plusieurs parce que chaque été ma mère me demandait d'en prendre. Donc, pour lui faire plaisir, je mettais au point des stratégies. Je faisais semblant de prendre une photo de paysage et je plaçais Ivanka dans le viseur à la dernière seconde. Sur une des photos, elle regarde mon objectif : elle semble comprendre ce que je fais.

Le fait de la voir sur toutes les télés du monde m'a donné l'impression, ce matin-là, d'être une chose minuscule. Mon épitaphe : la fille qui a brièvement joué au tennis avec la fille de Trump en 1995. Alors que, depuis deux mois, Joseph m'avait rendue centrale. L'œil de Dieu ou la caméra du grand réalisateur mondial étaient toujours sur nous et si près qu'il n'y avait pas de perspective. À partir de l'élection de Trump, les choses n'ont plus jamais été simples.

*

Mi-novembre 2016, Joseph et moi avons passé une soirée ensemble chez une de nos collègues, qui est aussi mon amie. C'était une fête déguisée. Thème jungle. Elle avait lieu dans une maison à Asnières (dans la rue des frères Kouachi de l'attentat de *Charlie Hebdo*). À l'intérieur, il y avait des journalistes, des bâches en plastique au sol et des vieux canapés. J'étais déjà très mince. Je ne mangeais plus que des carottes râpées bios et du thon blanc en boîte. Je portais un legging léopard. Joseph avait mis un collier en bois autour du cou. C'était son déguisement. Il était heureux d'être là. Il l'était d'autant plus qu'il y avait ici un type qui s'appelait Toussaint et qui avait les poches chargées de drogues qu'il aimait bien. Il le suivait partout et avalait des champignons hallucinogènes.

En fin de soirée, nous nous sommes assis sur les marches extérieures de la maison. Joseph a écarté avec son bras toutes les personnes à moins d'un mètre de nous. Il voulait qu'on soit seuls pour me reparler du problème. Sa compagne était égale à foyer, promesse, loyauté, famille, équipe. Moi, c'était moins bien. Il avait peur de la solitude : si on se mettait ensemble, j'allais parfois être seule avec mes enfants, n'est-ce pas ? Qu'allait-il faire pendant ce temps ? Il redoutait aussi que je ne sois pas d'une nature indéfectible et que je le traite en simple amoureux. À part ça, il trouvait ravissant de coller nos prénoms ensemble dans une multitude de phrases prononcées à voix haute.

Ce soir-là, j'ai le souvenir de lui avoir dit que son couple me faisait penser à la tumeur au cerveau inextricable de mon oncle. J'ai même précisé *tumeur vascularisée*, sans savoir ce que c'était. Ça n'a pas l'air sympa comme ça, mais ce n'était pas méchant : les premières images qui me viennent ont souvent une entrée sur Doctissimo. Et puis, je ne jugeais pas son couple : l'amour a le droit de se confondre avec le besoin. C'est pas plus mal qu'autre chose. C'est même le charme des vieux couples. Plus tard, quand mon oncle sera mort, et qu'on lui aura dit au revoir à Périgueux, je découvrirai en lisant un ouvrage de psychanalyse le mot *anaclitique* qui correspond bien à l'idée que je me fais des relations que Joseph tisse avec les gens : « Anaclitique est un terme utilisé en psychanalyse qui décrit l'appui nécessaire de l'enfant sur sa mère. L'enfant ayant besoin de sa mère pour se développer, une séparation précoce conduit à un syndrome dépressif nommé dépression anaclitique. Ce terme inclut également un type de relation d'objet dans laquelle le sujet manifeste une forte dépendance à l'autre, un immense besoin d'affection et un excessif besoin de compréhension. »

Joseph alimente un lien unique qui lui est vital. Les autres attachements sont maintenus à feu très doux : même si la relation a de l'importance pour lui, il ne l'entretient presque pas. Je n'offrais rien de ce qui était requis pour devenir son nouveau lien fort, absolu, mais la fête d'Asnières lui avait donné envie de surmonter ma personnalité. Depuis, il réfléchissait beaucoup, disait-il, et il voulait qu'on parte ensemble. Une semaine après, j'ai prétexté un reportage et nous avons passé quatre jours à Maisons-Laffitte, dans les Yvelines. J'ai choisi cette destination parce que mon amie d'enfance y passait la moitié de ses vacances petite et que c'était le seul endroit où je n'étais jamais invitée. J'en avais fait un paradis dans ma tête. En réalité, c'est une ville sans grand intérêt. Juste très propre et régulière, avec uniquement des immeubles de deux étages. À l'hôtel Ibis, la lumière était froide.

Au début de ce premier séjour ensemble, c'était intimidant, nous étions coincés : au moment de se brosser les dents, on se rend compte que l'on se connaît peu. Mais le deuxième jour, nous gérions mieux les silences et les reprises de conversations. Nous avons loué une Fiat et fait des tours de quartier avec. Nous avons regardé une émission politique en descendant des bières artisanales supposément bonnes. Fait un baby-foot en buvant des shots au goût de madeleine. Nous avons mangé trois fois à la même pizzeria. Fait trois fois l'amour. Nous avons mal dormi ensemble la première nuit et pas trop mal la dernière. J'ai posé ma tête sur son torse au réveil. La troisième journée fut spectaculaire, puisque nous avons éprouvé 275 bouffées amoureuses. Bouffée amoureuse par jour est devenue une mesure : B.A./J. 275 fut notre record historique. Notre journée-référence. Nous n'étions plus que ça, amoureux. Il me manquait quand je passais onze minutes, éloignée de lui, dans la salle de bains. Il y avait, à mon retour dans la chambre, une atmosphère de retrouvailles et l'urgence de coucher ensemble. Je ne me lassais pas de sa vision peureuse du monde et de toute l'intelligence qui en découlait.

En marchant dans les jardins du château dessiné par François Mansart, le point fort du séjour, Joseph m'a dit qu'il voulait s'assurer, avant de s'engager avec moi, que j'étais une branche suffisamment solide pour le soutenir à vie, mais aussi, et c'était moins positif, qu'il était déjà fatigué à l'idée de penser à tout ce qu'il allait devoir faire pour me contenter. J'étais, de mon côté, absolument sans réserve. Je réussissais à faire refluer hors de ma conscience les quelques défauts que je découvrais dans la voiture grise. Joseph avait une conversation mondaine. Il parlait d'art, de sciences, de politique. Il était très méta. Il manquait de douceur à l'égard des autres (mais sa façon de se moquer de leur pathos était irrésistible : parfois, je riais encore d'une blague qu'il avait faite trente minutes plus tôt). J'avais l'impression que, chaque fois que je rigolais de lui, il en restait quelque chose dans l'air. Et puis, il jouait tellement au mâle blanc barricadé qu'à la fin c'était tout à fait comme s'il en était un. Son véritable niveau de réaction, dans le sens de réactionnaire, est impossible à déterminer. Comme j'avais envie de prendre des photos de ces vacances, mais que je ne pouvais pas courir le risque de garder des images de lui sur mon téléphone, je photographiais des trucs insensés. Un caillou qu'il avait touché. Ou la côte de bœuf dans son assiette. La dernière nuit, en s'endormant, il a dit à voix basse : « Aucune raison de souffrir. Tu es en moi, je t'appelle mon amour et ça me déchire. »

Le jour du départ, alors que nous nous promenions dans la forêt de Saint-Germain-en-Laye, Joseph s'est moqué de moi parce que j'utilisais le présent narratif pour raconter une histoire sans intérêt. « Tu devrais passer au passé composé, ça sera plus simple. » Et puis, il s'est arrêté tout à coup. Il m'a prise par la taille et a entrelacé ses mains derrière mon dos. Une position légèrement figée et peu naturelle (mauvaise suggestion de metteur en scène). Les pieds dans la boue, il m'a dit : « Ça y est, c'est plié. » Il allait devoir quitter sa compagne parce que l'idée d'être sans moi lui donnait la sensation d'avoir un cylindre vide à la place du ventre. Je pouvais tout à fait sentir le creux dont il parlait. Le situer sous les côtes. J'avais le même et j'étais contente qu'il en convienne enfin.

Mais dans le train, alors qu'il avait dit que c'était plié, ce n'était plus plié. Le cousin éloigné de Joseph, avec lequel il était supposé être parti en vacances, a téléphoné pour dire que la compagne de Joseph envisageait de venir les chercher à la gare Saint-Lazare et qu'il fallait agir. Je l'ai vu paniquer. Manigancer. L'appeler d'une voix doucereuse. Dire « pas besoin de venir, à tout à l'heure ma chérie ». Je n'y croyais pas. Mes yeux s'assombrissaient, mais je ne voulais pas tout gâcher. Dans le wagon-bar, tout le monde nous observait : nous étions agités, au bord des larmes. Nous avions l'air d'amants en perdition. Joseph a raccroché. Sans me regarder dans les yeux, il m'a dit que la seule chose qu'il allait regretter, c'est de ne pas lui avoir fait d'enfant. Il a ajouté que, s'il la quittait, elle disparaîtrait. Retournerait en Loire-Atlantique. Ne donnerait plus jamais signe de vie. Il n'y survivrait pas. L'espoir est retombé. On s'est séparés à l'intérieur du train pour ne pas arriver ensemble au bout du quai.

À l'entrée de la gare, le risque passé, j'ai repris sa main et je l'ai malaxée. On a fait dix stations de métro ensemble, blêmes.

*

Début décembre 2016, Joseph a passé dix jours dans une baraque avec piscine des Alpilles avec cinq copains issus de son milieu intellectuel et bourgeois, et cela a définitivement joué contre moi. Au début, il m'écrivait beaucoup. Des choses rassurantes. Il voulait qu'on marche côte à côte dans la rue et soudain m'attraper par la taille. Sentir mon ventre se réchauffer sous le sien. Écrabouiller la France, ce grand machin inutile qui nous séparait. Il me racontait qu'il faisait semblant d'être heureux allongé sur le matelas de la piscine, mais qu'en réalité il ne l'était que lorsque ses amis consentaient à parler de nous. Il avait besoin de me voir. De manière générale, il n'était joyeux que quand j'étais, disons, à moins d'un mètre cinquante de lui. Le reste du temps, il était de mauvais poil. Il se réactivait quand il savait qu'il allait me rejoindre. C'était le fondement de notre histoire, disait-il, sa matière, son mode de fonctionnement, ce par quoi elle évoluerait.

Les premiers jours de son absence, j'ai retrouvé ma famille. C'était agréable, même si j'essayais de modérer les propositions de cinéma d'Igor, seul endroit au monde où il se sent parfaitement bien et seule activité de nos samedis soir. Si bien que je me suis mise à voir les salles de ciné comme des repères de montagne et le sommet comme la fin de notre vie. J'ai rattrapé mon retard dans la compréhension des mots mâchouillés de mon garçon d'un an et demi. Et j'ai écouté l'aîné, bientôt quatre ans, diviser le monde entre carnivores et herbivores. (C'est quoi ce truc qui nous dépasse ? Ce vocabulaire qui pousse tout seul. Dans *La Serpe*, l'écrivain Philippe Jaenada s'étonne que l'insulte « bébé Cadum » traverse le temps.

Expression que l'on n'entend plus nulle part. Ni dans la bouche des adultes ni à la télé. L'explication la plus plausible, *vertigineuse*, écrit-il, c'est que les mots sont restés coincés dans la cour. Dans cet espace clos, les enfants se les passent en relais depuis cinquante ans. On croit qu'ils s'insultent, mais ils sauvegardent un patrimoine.)

J'ai essayé de ne pas toujours tenir mon téléphone à la main. Mais j'ai commencé à m'inquiéter parce qu'au fur et à mesure le rythme des mails ralentissait, et leur contenu s'asséchait. Étais-je trop sensible ? Je trouvais aussi que, dans les messages qui m'arrivaient encore, j'étais de plus en plus associée à des émotions négatives. Joseph disait que j'exerçais un pouvoir sur lui. Il s'en rendait compte puisqu'il était ici en dehors de ma zone d'influence. À Paris, ce que je faisais avec lui s'apparentait à de l'embrigadement religieux. D'ailleurs, il avait vu une émission sur France 3 instructive là-dessus : libre arbitre et aliénation pouvaient coexister. J'étais comme l'État islamique et lui, comme un musulman sur le point de se radicaliser. Plus le temps passait, plus il risquait d'adhérer à mon idéologie. Ma présence ne manquerait pas de s'imposer, de l'envahir et de l'intranquilliser pour l'éternité. Parce que je ne m'en rendais pas compte, mais je le blessais sans cesse. Je disais des choses qui tournaient dans sa tête. Je lui inspirais de la nervosité et de la jalousie (des émotions qu'il avait réussi à évacuer en mettant en place sa vie d'aujourd'hui). Au fond, ma présence le remuait et ce n'était pas toujours agréable. Il voulait que je comprenne. *On peut être amoureux de gens qui ne nous rendent pas heureux. On peut aimer des gens avec lesquels on ne se voit pas vivre.* Je déclenchais des phénomènes ruminatoires et des inquiétudes. *Ne me détruis pas steuplé.*

Le mot *détruire*, que je n'ai pas compris sur le moment, me renvoie à l'écrivain Arthur Schnitzler que j'ai découvert, adolescente, avec *Berthe Garlan*. Le livre raconte l'histoire d'une femme au destin aussi déçu que Berthe Signac. Du genre : quand elle passe une journée difficile, elle réalise le soir que celle-ci était semblable à toutes les autres. Sa vie consiste à se rouler dans la boue pour reconquérir une ancienne passion de Vienne – un violoniste surdoué, alors qu'elle est elle-même passée du statut de musicienne prometteuse à celui de ratée. En exergue de *La Nouvelle rêvée*, un texte qu'il a écrit beaucoup plus tard, il y a cet aphorisme que l'on retrouve aussi dans les discussions du forum Aufeminin.com : « Si tu te crois en danger d'être détruit par quelqu'un, demande-toi, avant de lui en faire porter l'entière responsabilité, depuis combien de temps tu étais en quête d'un tel être. »

Le dernier mail que j'ai reçu, avant la fin de ses vacances, était un article du *New York Times* sur Daech. J'étais Daech : il me donnait les dernières informations sur moi-même. Ce message se terminait par un *je t'embrasse* qui aurait été approprié si dix ans s'étaient écoulés et que nous avions rendez-vous aux Invalides pour un café des bons souvenirs. Mais ici, cela signait ma fin. De son train de retour, il a envoyé sur mon portable un dessin qu'il venait de terminer. Le profil d'un homme triste. Tout jaune ou tout vert, je ne sais plus. Mais tout malade. Il était cet homme. Je l'ai reçu à l'heure de l'apéro de Noël au journal. Au moment où je dansais sur une chanson de Mariah Carey avec trois collègues. J'ai essayé de continuer de faire ça, de rester joyeuse, de vider ma bière, mais c'était impossible. Je me suis mise à l'écart. J'ai regardé le profil de l'homme, son œil vide. J'ai repoussé l'effroi.

Nous sommes convenus d'un rendez-vous le lendemain, 12 décembre 2016, près de l'Assemblée nationale, où je travaillais pour la journée. Je n'ai pas réussi à écouter les députés (même quand tout va bien, ce n'est pas simple). À l'heure du déjeuner, il est arrivé à la brasserie du coin, La Dauphine, avec une grosse heure de retard et les cheveux coupés à ras. Je n'ai plus aucun souvenir de ce qu'il m'a dit. Peu après, j'ai traversé le pont de la Concorde dans un état de sidération. La Seine était lisse, les gens marchaient à faible allure, rien ne semblait s'être passé. Devant l'église de la Madeleine, je l'ai appelé : « Reprends tout depuis le début, s'il te plaît. Je n'ai pas compris. » Il a dit qu'il souffrait comme un fou et qu'il avait rompu avec moi. Les larmes ont coulé à ce moment-là. Il a ajouté qu'on pourrait encore s'embrasser sans préméditation, entre deux portes, mais rien de plus. Des rapprochements physiques imprévus, mais plus de conversation amoureuse. L'idée de former un couple devait disparaître. Il la retirait du monde. Sa voix contenait du fer, c'était sans appel. J'ai raccroché, aucun son ne sortait plus de ma gorge. Plus j'avançais vers le journal, plus mon corps se détériorait. Mes cernes fonçaient, mes mains étaient glacées. Dans ma tête, Dany Brillant chantait un air qui n'allait pas me lâcher pendant des mois : *Tu as brisé ma vie, tu as brisé mon cœur, tu as brisé mes joies.* J'avais envie de tout raconter à Igor, mais il fallait que je résiste.

LE NID

Il y a des hommes que l'on blesse en étant soi-même, cela finit par geler des parties de votre personnalité, et d'autres qui sont capables de tout entendre. Igor appartient à la seconde catégorie. J'ai bien fait d'en faire le père de mes enfants : ils ne sont pas si nombreux dans cette équipe et je suis une personne qui dit tout. Qui assène ses pensées. « Qui a un vrai problème de filtre », dit la fille aînée d'Igor. Ne serait-ce que parce que mes petites vérités roulent sur mon mec sans catastrophe, je devrais m'accrocher à lui avec des menottes. Scotcher mes deux mains à son ventre. Ou l'épouser.

Au retour de l'Assemblée nationale, je n'allais pas tenir longtemps sans lui parler, d'autant que l'événement était capital. Je vivais ma première vraie rupture, parce que c'était la première fois que j'étais quittée avec un cerveau en régime amoureux. C'est différent de l'être dans un état stabilisé ou normal. Quand ce qu'on vous dit peut être compris et rationalisé. Là, c'était un traumatisme. J'étais le chien du go-fast abandonné en zone industrielle. Une bouée décrochée d'un bateau. Une prise débranchée et vibrant encore. Un hamster à qui l'on a fait manger quotidiennement neuf kilos de sucre et à qui l'on dit un jour, sans prendre de gants, *c'est fini le sucre.* J'étais le dernier survivant d'un pléthorique lâcher de ballons : égaré dans le ciel, seul et sans futur.

Le soir de la rupture, je suis donc partie pleurer sur *La Traviata* à Metz (finalement je le conseille, c'est à ce jour l'expérience musicale la plus forte de ma vie). Le lendemain, rentrée chez moi à Paris, j'ai crié les mots *intoxication alimentaire* à travers le couloir, d'une voix étonnamment grave. J'ai fermé la porte de la chambre et je me suis allongée dans le lit. Des picotements sur la tête. Plus de jus dans les extrémités. Mutique comme un brancardier revenu du front.

C'est une semaine après, juste avant les vacances de Noël, que j'ai décidé de parler à Igor. Comment fait-on ça ? Nous venions de déposer nos deux enfants à l'école et étions assis au café d'en bas. Je me suis efforcée de pâlir. J'ai regardé dans le vide et je me suis pincé les lèvres. C'était le visage soucieux que j'avais choisi d'arborer pour qu'il me demande ce qu'il se passe. Il a demandé. Cela m'a donné de l'élan. J'ai dit : « Je ne veux pas te quitter. Mais j'ai passé les trois derniers mois à être folle amoureuse de quelqu'un d'autre. » Silence. J'ai répété la phrase. Je l'ai dévisagé. J'ai rétropédalé, effrayée par mes mots. Pas plus courageuse qu'une autre, j'ai amorti la vérité avec des mensonges de différentes catégories. J'ai plaidé l'abandon du foyer conjugal : cet automne-là, Igor avait terminé un énième livre. Il n'était pas avec nous mentalement. Je lui ai aussi rappelé ses quatre nuits dans un hôtel de Normandie pour le finir (c'était peu, hélas). Je lui ai assuré que je l'avais choisi et que tout cela était derrière moi. J'étais en fait perdue à l'intérieur pour longtemps ; un petit pois au milieu d'une marmite de spaghettis collants. La vitre du café était embuée. Un couple très en phase, avec des dreads et un chat, nous regardait de la table voisine. Seul un mince filet d'air passait encore à travers ma gorge gonflée de chagrin. Je lapais doucement mon café. Si j'avais avalé le morceau de croissant qu'Igor me tendait, je me serais étouffée.

*

J'ai avoué ma liaison, je viens de le dire, parce que j'ai du mal à garder des secrets : je ne sais pas où les personnes normales les rangent, il n'y a pas chez moi d'espace intérieur qui corresponde à ça. Zéro rétention. La porte est battante. À propos de mon fils de quatre ans, son grand frère dit : « Si tu as un secret à confier à quelqu'un, ce n'est pas ton homme. » C'est pareil pour moi. C'est aussi parce que je considérais qu'à plus de cinquante ans Igor avait assez vécu pour savoir qu'il arrive qu'on fasse des rencontres. C'est enfin parce que j'avais l'impression d'avoir un crédit de la taille de mon aveu : je pensais qu'Igor m'était redevable puisqu'il m'avait sortie de la vie ordinaire telle qu'elle nous l'est souhaitée par nos parents. À vingt-sept ans, j'avais renoncé à Jay-Z, ses fils spirituels et au fantasme de devenir impotente avec quelqu'un. À la place, j'avais pris la main âgée d'un homme triste. Pleurant dans des endroits de Paris où il venait subitement de visualiser sa femme. Devant le théâtre de l'Odéon. Qu'as-tu ? Ah oui.

Notre histoire a une décennie : quand elle a commencé, Igor avait encore une adresse mail Free et un seul mois était passé depuis le décès de sa femme. Il n'était pas un veuf joyeux, contrairement à ce que soutenait une collègue qu'on savait méchante avant ça (un autre m'avait dit hésiter entre mépris et dégoût à l'idée que nous formions déjà un couple), mais c'est vrai que nous nous étions touchés dans un temps sanctuarisé et qu'il n'avait pas mis sa robe de deuil. Il n'était pas le veuf amorphe et livide qui soulage la conscience de tout le monde. Celui qui fait la couverture du manuel des veufs. Bras ballants et omoplates saillantes. Lui aurait pu vendre des vitamines dans la rue. Il était exalté. Maniaque. Volubile. Pris dans des sensations de déréalité. Fuyant la mort en bandant. Rattrapé par elle en plein milieu.

Les premiers temps, j'ai pensé lui mettre un bracelet de sécurité. Il me faisait penser à une tondeuse à gazon devenue folle. Il entrait et sortait de chez lui à des heures incongrues. Surprotégeait ses enfants puis les laissait là. Il écrivait de longs mails intimes à une inconnue de nationalité russe. Conduisait une femme qu'il connaissait à peine à un rendez-vous médical l'après-midi. Il ne se l'expliquait même pas ; c'était comme si ses idées subissaient toutes une petite déformation avant d'éclore. Certains jours, je m'attendais à ce qu'il vide son compte en banque et disparaisse en forêt de Rambouillet. Tous les 25 du mois, je le quittais pour retrouver ma tranquillité. Manger seule des crevettes sur mon lit. Mais le 26, à 8 h 30, il était de retour devant mes yeux. Devant mon arrêt de bus. Avec son vélo, un tee-shirt gris et un air de poussin. Alors je restais. J'ai attendu qu'il redescende. Qu'il installe notre voisinage à sa femme et à moi. Il fallait devenir la suite sans annuler l'avant alors qu'Igor était pris *dans des mondes contigus*.

Toute cette période fut perturbante. Dans un rêve, qui date de ces débuts et que j'ai noté dans mon téléphone, Igor me disait qu'il venait de passer une heure chez une journaliste de son âge, une grande reporter de guerre, pour se mettre dans ses bras. Désormais, il ferait ça tous les lundis soir. J'imaginais une peau tendre et brune. Une texture plus proche de celle de sa femme et sûrement plus apte à consoler que la mienne. Quelques jours avant de tomber enceinte, j'ai ajouté ce cauchemar dans les notes de mon téléphone :

> Je dis à Igor qu'il faut prévenir sa femme que j'habite ici parce qu'elle peut arriver d'une minute à l'autre. Il dit que non, que ses clés sont de la marque Zara et qu'elle le préviendra. Je veux quitter la maison.

Quand, à l'aube, je l'ai reconstitué à voix haute, Igor m'a reproché d'énoncer un fantasme qu'il ne s'autorisait même pas. Le lendemain, j'ai pris note de cette citation d'un article de *La Croix* : « S'il y a remariage, pour que celui-ci soit positif, il faut qu'il vienne après l'acceptation intérieure de l'absence physique du défunt. » Ce n'est pas ce que nous avions fait.

*

Bien sûr, Igor ne m'a forcée à rien. J'ai signé pour lui, pour ça, et je referais pareil. Parce que notre relation a remplacé l'autre sans transition, comme dans la prestidigitation, je vis avec une inquiétude. Mais si je suis honnête avec moi-même, au risque de passer ici pour une débusqueuse de veufs, c'est sans doute parce que Igor s'effondrait que je me suis attachée à lui. C'est son déséquilibre qui m'a intéressée. Son expérience supplémentaire. Et justement : c'est bien pratique de le dire comme ça après coup, mais je pense qu'il me fallait rattraper ce surplus de vie pour ne pas rester une éternelle jeune fille, spectatrice *ad vitam* d'un homme ayant vécu.

Voilà pourquoi je n'ai jamais réussi à me sentir coupable de mon histoire avec Joseph. Pour moi, ce n'est pas une vengeance, mais un juste retour des choses. Une péripétie logique. Le risque qu'il a pris. L'heure de mes aventures. J'ai aimé un homme qui s'autorisait les péripéties. Et simplement : me voilà l'imitant. Je considère qu'avant nous n'étions pas égaux. Nous le sommes désormais puisqu'en marchant dans la rue nous sommes tous deux sujets à des échappées mentales.

Le jour de l'annonce au café d'en bas, nous n'en étions pas là. J'étais encore la jeune fille à la peau dure à laquelle Igor s'était un jour accroché parce qu'il le fallait, et le père de mes enfants était encore sûr de sa domination. Quand j'ai révélé ma liaison, il ne s'est pas décomposé du tout. Il n'a pas laissé d'émotions s'installer. Il était seulement surpris que *ça* lui arrive. Il pensait que *ça* ne lui arriverait jamais. Il s'observait en homme bafoué. En cocu de service. « Qu'est-ce que c'est drôle. » Il recommandait un café. Il insistait pour connaître son nom. Il insistait, mais il rigolait. Il rigolait, mais il insistait. Après tout, il avait gagné, puisque je voulais rester avec lui. Non ? Mais si. Il me montrait des vidéos sur YouTube (la tirade du retour à la maison de *La Femme du boulanger* de Marcel Pagnol) et lançait des punchlines : « Mais désormais, on est d'accord, tu n'iras plus aux toilettes toute seule. » Ou : « Peut-on, même si c'est fini entre vous, lui demander de garder nos enfants un week-end sur deux ? »

Le soir même, il m'a offert un iPhone. Il a balancé la boîte sur le lit en disant : « Tiens, prends ça, fille de mauvaise vie. Tu vois, il suffisait de me tromper pour être couverte de cadeaux. » Il voulait probablement voir disparaître le BlackBerry qui prolongeait ma main depuis l'été. C'était tout. Affaire classée.

C'était tout, mais tout avait changé.

*

Avant Joseph et le pot du troisième étage, pendant sept ans, comme dans le film *Sept ans de réflexion* avec Marilyn Monroe, j'ai été une adepte d'Igor. Il paraît – j'ai oublié (comme on oublie les douleurs de l'accouchement) – qu'il me subjuguait. Que je ne contestais presque rien. Que tout ce qui venait de lui m'amusait. Si Igor changeait la couche de notre fils d'un an au milieu d'un cocktail guindé en plein air, je jugeais ça libre et sauvage. Je ne trouvais jamais rien à redire. J'étais émerveillée par ses inaptitudes. Ses outrages à la chorégraphie sociale. Son côté surdoué-idiot. Émerveillée par ses phrases pleines de saltos arrière, sa repartie, son imagination et ses vulgarités. Par exemple : à cette époque, Igor avait l'habitude de me dire que, si on se quittait un jour, je n'aurais plus qu'à remettre ma petite coiffe de Bretonne sur la tête et à retourner chez moi par la gare Montparnasse telle une *salope de fille-mère*. Je ne sais pas pourquoi cette blague outrageante me faisait autant rire.

Durant cette période inconditionnelle, la preuve de mon adhésion, c'est que j'ai mangé toutes les assiettes surchargées qu'il m'a préparées : la quantité de nourriture dont j'avais besoin, multipliée par trois. J'ai pris huit kilos par approbation. (S'il le pouvait, Igor nous nourrirait tous à la becquée : un jour, il a proposé à une amie de son fils de goûter un plat qui mijotait et, avant même qu'elle donne son accord, il a enfoncé la cuillère en bois jusqu'à ses amygdales.)

Mais depuis l'infidélité et depuis que mes enfants se lavent les dents seuls, depuis la série des émancipations, mon regard a évolué.

Ce n'est pas une catastrophe. Cet été 2019, dix ans après notre rencontre, trois ans après celle de Joseph, est historiquement notre meilleur. L'adultère est devenu une simple donnée de notre histoire (pensée ici pour cette amie journaliste qui n'arrêtait pas de me répéter, en plein marasme, cette phrase que je trouvais idiote, « le maître, c'est le temps », elle alterne ces jours-ci avec « la vie est une boucle », je vous laisse réfléchir). Au soleil, ses cheveux sont blancs et ses yeux verts tirent vers le jaune. Au lit, ses épaules granuleuses et marron me font penser aux rochers ronds de Trégastel. Son ventre, qui ne fait jamais défaut, est bien là. Nourri de mousse de thon et de fromage de chèvre. Je le caresse comme un animal. Nous communiquons tandis que ses mains massent mes fesses. Igor est excellent à ça : il trace des chemins du bout des doigts, fouille le haut du pli interfessier comme si c'était un nombril et ne se lasse jamais. Nous faisons l'amour un jour sur deux et je me surprends à vouloir qu'il reste en moi, ce qui est sans conteste la marque d'un retour de flamme.

C'est aussi cet été que le syndrome Anne Pingeot s'est confirmé. C'est Igor qui l'appelle comme ça. Dans la première partie de sa correspondance avec Mitterrand, la mère de Mazarine apparaît soumise. Petite fille apprenante, elle est dans l'admiration du grand homme. Typologie amoureuse classique du maître et de l'élève. Puis vient le dernier tiers du bouquin. Le moment où le rapport de forces s'inverse. Pingeot s'émancipe, Mitterrand vieillit. Arrive l'écart d'âge compliqué. Quarante ans, soixante-dix ans. Le président devient suppliant et nostalgique, elle devient puissante et ironique. Avec Igor, c'est ce qui nous arrive.

Donc, en ce mois d'août, alors que l'autre est désormais très loin, Igor se comporte comme si j'étais toujours à une minute de le quitter. Possessif au point de me regarder faire la vaisselle.

— Tu penses à quoi là ?

— À la manière dont un liquide vaisselle peut être bio.

— Vraiment ?

— Non.

Un soir, sur nos vélos, il m'annonce qu'il ne sait pas comment il résiste à l'idée de m'accrocher à un pylône dans une cave. Le lendemain, alors qu'il nage dans l'eau froide, ankylosé et inquiet de l'être, il ajoute qu'il va bien nous falloir quinze ans pour venir à bout de ce déséquilibre mitterrandien. Quand j'aurai cinquante ans, que mon corps se vengera de tout le sport que je ne fais pas, je serai à nouveau comblée par l'homme bronzé de soixante-dix ans qu'il sera (refusant de comprendre l'intérêt de la crème solaire comme il refuse de comprendre que sur Seloger.com un appartement qui est plus cher est généralement mieux). La différence d'âge sera redevenue triviale. Peut-être même invisible pour les autres. Les courbes de décrépitude, celle de la femme ayant une plus grande pente, se seront croisées. « Ah bon, tu crois que ça sera encore vrai, ces histoires, dans quinze ans ? Tu penses que #MeToo va s'arrêter en si bon chemin, Richard Gere ? » Je l'enlace dans l'eau. Toujours un peu surprise qu'il ne flotte pas plus.

Si Igor est inquiet ces jours-ci, c'est aussi parce que le mariage d'une amie a constitué une épreuve. Charlotte, ma grande camarade de l'école de journalisme, s'est mariée avec un avocat d'affaires qui ressemble à Bob Dylan à vingt ans. Un jeune homme qui reste frais, malgré ses escapades à Berlin, et qui souhaite que sa femme tienne bon elle aussi (quelle pression, franchement, la sauvegarde de la fraîcheur sous l'œil inquisiteur d'une personne de fraîcheur équivalente). Ils se sont mariés chez lui, dans un mas provençal avec une piscine bleu foncé. Une maison où l'on mange de la mozzarella non industrielle au petit-déjeuner et où l'on laisse sa tasse de café vide derrière soi sur la table parce qu'une dame va la débarrasser.

À ce mariage de trois jours, il y avait des tables de ping-pong, des cigales euphoriques et une bonne dizaine de trentenaires fabriqués pour porter des Ray Ban. Grands. Malins. Bien habillés. Sachant danser. Igor, qui connaissait certains de leurs parents, ne supportait pas la musique sans pour autant savoir la nommer. Il disait techno au lieu d'électro. L'élastique de son maillot de bain rouge était trop large. Il me tenait par la taille et m'appelait *maman* pour rire. Les jeunes hommes, qui avaient pris des amphétamines, lançaient des regards carnassiers sur le monde et parfois sur moi. Tout le week-end, Igor m'a donné l'impression d'être l'oncle de Charlotte, et il l'a vu.

— Mais tu voudrais quand même pas être avec un mec qui boit des spritz torse nu au bord d'une piscine et lance une boîte de podcasts, si ?

— Non. Enfin, je sais pas.

La sensation n'est pas nouvelle. Charlotte a toujours traité Igor comme s'il était son oncle préféré. Mais la différence, c'est qu'à nos débuts cela attisait ma suspicion. D'une manière générale, je trouvais qu'elle s'octroyait le droit de le toucher plus que s'il avait eu notre âge. Alors que, bien entendu, chaque parcelle de son corps brioché envoyait de violentes décharges érotiques. Un soir, dans son appartement d'étudiante, j'ai dû retirer sa main à elle qui restait trop longtemps appliquée sur son bras à lui. Je ne supportais pas. Quand j'ai fait ça, tous les deux m'ont regardée, aussi étonnés que si j'avais poussé un cri suraigu. J'ai pensé qu'après ce geste toqué j'avais le choix entre le sourire gêné et la décompensation totale. Me lever et lui verser une bouteille de vin sur la tête. Être mise au ban de la société et me reposer. (Je vois bien ce qu'il y a de prétentieux à mêler Kafka à mes histoires. Mais je pense souvent, dans les moments de décompensation possible, à l'extrait de son journal : « Étions-nous fous ? Nous courions la nuit à travers le parc et brandissions des branches. »)

Dix ans plus tard, c'est peut-être temporaire, mais l'inquiétude irrationnelle a changé de bord. Je ne surveille plus les bras d'Igor, tandis que je le vois observer de près la moindre conversation que j'engage avec un jeune père sur la plage.

*

Au début de notre relation, j'étais d'une jalousie extrême. Igor avait quarante-sept ans et, quand il s'habillait en gris, avec ses cheveux qui étaient d'un autre gris, il offrait au monde un magnifique dégradé de gris. La force physique n'avait pas commencé à décroître. Il me portait sur ses épaules jusqu'au sixième étage de mon immeuble. Tous les jours, il recevait des messages Facebook de filles qui tentaient leur chance avec des célébrités de ligue 2 auxquelles il arrive de passer à la télé – elles sont nombreuses. Il était poursuivi par une érotomane qui porte le nom d'un astrophysicien allemand. Il était outrageusement familier avec tout le monde, ce qui me rendait possessive. Mais en premier lieu, j'étais jalouse de sa femme, qu'Igor ne critiquait jamais. Il n'y avait, dans la bobine des années passées avec elle, que des couleurs vives. Rouge, vert, bleu. Stop. J'arrivais après ce magnifique arc-en-ciel avec un problème de positionnement. L'histoire avec Joseph a repoussé ces lourdes années dans l'espace, d'autant que j'ai une mauvaise mémoire. Mais je m'en souviens quand même.

En février 2012, en Israël, une dispute. Nous revenions de la mer Morte (Igor, comprenant soudain Lacan, pense que c'est le nom de la mer qui a déclenché notre dispute). La journée avait été glauque. C'est une flaque d'eau géante, la mer Morte. Et les hôtels sont remplis de vieillards à la peau salée qui bougent très lentement. J'étais enceinte de notre premier enfant. Dans la voiture de loc climatisée, sur la route qui remontait vers Tel-Aviv, je lui ai expliqué que ce n'était pas parce que sa femme était morte que je n'avais pas le droit à des superlatifs. Qu'il ne pouvait pas tous me les refuser sous prétexte que ce n'était pas gentil pour elle. Qu'il pouvait en choisir quelques-uns pour moi. Même des bizarres ou des faux. *Je n'ai jamais vu une fille de trente ans avec autant de vocabulaire que toi. Je n'ai jamais touché des fesses aussi dures et molles à la fois.* Qu'il se démerde.

Les premières années, je n'entendais, dans ce qu'il me racontait de sa femme, que ce qui la différenciait de moi. Et chaque particularité m'écrasait. Plus de sport. Plus mince. Plus passionnée par la politique. Plus de sens social. Plus de nerfs. Et moi ? J'étais plus quoi alors ? Un moment dont j'ai particulièrement honte : dans notre nouvel appartement, nous déballons des cartons de livres avec Igor. Je demande : « Mais tous ces livres sont à toi, où sont les siens ? » Je veux l'entendre dire que cette complicité-là nous appartient. Que notre histoire a une caractéristique. « Mais arrête enfin, les siens sont dans ce carton-là… Je ne devrais même pas répondre, que sous-entends-tu, c'est quoi ça, que sais-tu d'elle ?! » Rien. La réfraction de ta réfraction. Je connais dix anecdotes, et même pas le son de sa voix.

Quand notre premier fils est né, j'avais la moyenne d'âge des Françaises pour procréer mais, pour le reste, c'était précipité. C'était trois ans après son décès et cela ouvrait une page sur une plaie béante. Aucun de nous n'était trop sûr de ce que nous faisions. Et devenir mère a immédiatement exacerbé ma rivalité avec la femme morte d'Igor. À cette époque, où il n'avait pas encore verrouillé tous ses appareils électroniques, quand il avait le dos tourné, je tapais son prénom dans la barre de recherche de ses mails. Je lisais tout ce qu'il disait d'elle aux autres. Le lendemain, je présentais mes excuses. Il m'engueulait : « Mais ça s'apparente à un viol, ça, tu sais. » Quand il se calmait, je lui demandais de m'en dire plus. De désenfouir un peu son deuil. Mais il ne l'a jamais fait et je crois que je l'admire pour ça : faire de sa tristesse un objet de conversation avec moi l'aurait abîmée.

L'année 2012 est aussi celle où la fille aînée d'Igor a quitté la maison. Restait son grand fils. Dans un duplex humide que nous n'aimions pas, nous étions désormais quatre habitants. Dont trois dérangés. Un bébé, un ado et une jeune mère. Jusqu'à présent, à la première crispation familiale, je pouvais m'échapper au cinéma. Ou aller boire trois verres de vin. Ce que je n'avais pas anticipé, c'est que la naissance d'un bébé allait me sangler à l'appartement et à son ambiance approximative. Je ne pourrais plus jamais sortir sans avoir d'abord réfléchi. C'était une chute de liberté (comme une chute de température). Et à force d'espace clos, comme dans une téléréalité, l'adolescent et moi allions adopter des positions fixes. Lui le garçon négligent mettant la télé très fort et laissant traîner des enveloppes de Babybel, moi la mégère surveillant son frigo : « T'as pas mangé mes crevettes quand même ? » Personnage aigre et fatigué qui n'obtiendrait jamais d'Igor un *je sais bien que ta place n'est pas facile à trouver* ou *que pouvons-nous faire pour que tu te sentes mieux ?* (base de la communication non violente). À moi qui me plaignais, il hurlait seulement « merde ! » au téléphone.

C'est une énième dispute physique et spectaculaire à propos de son fils qui m'a envoyée chez la psy pour la première fois. Au deuxième étage d'un vieil immeuble parisien, en rentrant chez Madame A., ce que j'ai vu d'abord, ce sont une couleur de cheveux et des goûts artistiques parfaitement identiques à ceux de ma mère. Des coussins illustrés par un peintre argentin que nous adorons, la couleur sombre du parquet, le vieil accordéon posé sur le piano. Mon adhésion esthétique était très forte et je ne savais pas si ça serait bon ou non pour le transfert. Des années plus tard, j'aurais l'occasion de contempler tout ça deux fois par semaine parce qu'elle serait devenue mon analyste. Celle qui m'écouterait sortir Joseph de moi, morceau après morceau. Mais nous n'en sommes pas là. À chaque dizaine son problème. Au début des années 2010, elle avait une autre mission. C'est dans son cabinet que j'ai compris que, si la femme d'Igor était pour moi une idée, elle était pour sa famille un corps absent.

COMPTE RENDU DE LA PREMIÈRE SÉANCE.

Le fils d'Igor a besoin d'une adoption psychique. Il faut lui dire oui avant de lui dire non. Vous vous comportez comme une grande sœur agacée ou une mégère, bien qu'une mère puisse l'être aussi, mais cela vous met dans une position ridicule. Il est dans les limbes, il ne faut rien en attendre et c'est probablement temporaire. Il ne faut surtout pas prendre Igor à témoin de ça. Lui a beaucoup à faire avec son fils et notamment le protéger et le faire avancer. Plus son fils s'effondrera et plus il en rajoutera pour le sauver. C'est dans cette pièce que vous pouvez dire vos difficultés.

C'est ce que j'ai fait. La situation s'est améliorée. Mais, en vérité, l'ado et moi avons commencé à nous aimer de façon indiscutable quand il a eu son propre appartement. Entre nous, aujourd'hui, il n'y a pas de déclaration d'amour. Seulement son bras autour de mon cou et des bises appuyées sur la joue pour me dire au revoir. Ses pieds qui tombent sur mes genoux quand il regarde la télé. Une façon de s'allonger sur notre lit pour papoter quand Igor et moi sommes dedans. Je crois que le lien est fort puisqu'il y a, dans cette famille, des questions qu'il ne pose qu'à moi.

Quant à sa grande sœur, la première fois que je l'ai rencontrée fut tendue. Un an n'était pas passé depuis la mort de sa mère. Nous étions dans le jardin de la maison en Beauce. Elle a maintenu, toute la journée, un angle droit entre son regard et le mien. C'était follement adroit. La troisième fois qu'on s'est vues, elle s'est montrée différente. Elle avait mis la table du dîner parce que j'arrivais. Deux souvenirs de notre vie commune. Je me rappelle un matin, au petit-déjeuner, où elle a débarqué en chemise de nuit très courte. Elle s'est installée sur les genoux de son *papou.* Elle était corporellement magnifique. Des seins et des hanches plus plus plus. En beurrant mes Krisprolls, le coude cassé, j'ai pensé : *Ok, donc je vis avec Brigitte Bardot* et *Mais putain qu'est-ce que je fous là ?* Je garde aussi en tête le soir où je lui ai annoncé que j'étais enceinte de mon premier fils. Elle était assise sur son lit dans l'obscurité. Elle a dit : «Je savais pas si ça me ferait plaisir. Et en fait, c'est clair que je l'aime déjà. » Elle s'est levée pour m'embrasser.

C'est frustrant parce que je n'arrive pas à décrire comment je l'aime, elle. Disons que je voudrais qu'elle soit celle qui marche sur les sols en plastique de ma vie. Quand je serai entuyautée dans une chambre d'hôpital, ce sont ses pas que je veux entendre approcher. Elle m'apportera un smoothie kiwi et des magazines people. Notre bavardage me fera oublier un instant le bruit des mille télés qui, maintenant qu'elles sont digitales et fixées sur des bras articulés, touchent presque le visage des patients. Elle a huit ans de moins que moi et ce sont aussi ses visites que j'attendrai avec impatience dans ma maison de retraite de l'Essonne (s'il n'existe toujours pas, dans cinquante ans, de petites structures familiales avec vue sur l'Atlantique). Tout à l'heure, la fille d'Igor a visité un appartement dont le balcon regarde le nôtre. Les garçons ont proposé de les faire se rejoindre en ajoutant du ciment. Cette phrase a été décisive. Elle a pris l'appart. Des amies trouvent ça bizarre, mais j'ai hâte qu'il y ait un enfant dedans pour m'en occuper. Qu'est-ce que je peux faire d'autre dans mon existence que de continuer de fabriquer, comme elle, de la famille avec nous tous ? Quand j'ai pensé quitter Igor pour Joseph, quelques semaines de ma vie, c'est l'idée de m'éloigner de ces grands enfants qui m'effrayait par-dessus tout.

*

Je suis toujours près d'eux. Parce que, après m'avoir aimée, Joseph m'a quittée. Et que, après m'avoir quittée, il m'a fait tourner en bourrique. Ce qui m'a renvoyée chez la psy. Au bout d'un certain temps, sans savoir si c'est la cure ou le temps qui a joué, c'est le charme de l'analyse, je me suis détachée de lui. Et au même moment, mon rapport à Igor a changé. Depuis que j'ai compris comment elle est faite, sa personnalité me bouscule moins et je me suis rendu compte que j'en appréciais la constance.

Voilà. Je sais désormais que je vis avec un chef de basse-cour inquiet et j'en fais mon affaire. Concernant tous ceux qu'il aime, ses craintes sont les suivantes : que nous ressentions une quelconque frustration alimentaire, que nous ayons trop chaud et, en conséquence, que nous transpirions et devenions sales. Que nous soyons empoisonnés par une rupture de la chaîne du froid. Que nous soyons à court de batterie sur nos téléphones. Cela le pousse à préparer cent plats chaque soir, à compter nos couches de vêtements (« tu devrais enlever ton pull, le soleil est ressorti ») et à toujours nous suggérer de nous laver. Et même : pour lancer une machine, il tire sur nos chaussettes alors qu'on est en train de lire tranquillement sur le canapé du salon.

Mon fils aîné et moi, un matin, dans sa chambre :

— Je voudrais pouvoir mettre ce survêt de foot.

— Tu n'as qu'à le mettre mercredi prochain, quand tu auras foot.

— Non, c'est papa qui vient me chercher.

Regards entendus ; la conversation s'arrête là. Nous savons tous les deux qu'il n'est pas possible de porter du polyester satiné en présence d'Igor. Cela tient trop chaud.

Par ailleurs, et tout cela est lié, Igor est un homme traversé par des scénarios catastrophe. En ce moment, un matin sur deux, je reçois un jet d'eau glacé en plein visage quand j'allume la douche. *Putain, il a encore éteint la chaudière cette nuit.* J'évalue où sont mes enfants pour savoir si je peux traverser le couloir à poil. Je mouille le parquet qui en devient noir. Je saute dans la cuisine. Rallume la chaudière dont je finis par moi aussi avoir peur. Je cours en sens inverse. *C'est bientôt l'hiver, va falloir penser à redevenir courageux, Igor. On peut acheter un second détecteur de monoxyde de carbone, si ça te rassure ?*

Finalement, le truc qui canalise bien Igor, c'est le cinéma. Ou son autre activité préférée : la réservation de billets SNCF. Allongé sur notre lit ou sur le canapé, il compare des prix et des heures de trajets sans qu'on lui ait rien demandé. Comme s'il était un agent de voyages en train de se former à une nouvelle plateforme de résa. Il met des options, revient dessus, et voudrait qu'on l'applaudisse chaque fois.

— Si je te prends ce billet, ça veut dire que tu pars à midi de Paris.

— Oui lapin, mais c'est trop tôt. J'ai un rendez-vous téléphonique à 11 heures.

— T'es certaine ? À 11 heures ? Bah pourquoi tu vas pas à Montparnasse direct et tu fais ton rendez-vous téléphonique de là-bas ?

— J'ai pas envie. Je préfère partir dans l'après-midi.

— C'est bébête, non ? C'est plus cher. Moi, je prends que des Ouigo en ce moment.

— Laisse tomber, s'il te plaît. Je m'en occuperai.

— Ok, allez, je te dis pas ce que tu dois faire, mais je te demande juste de réfléchir à l'idée de passer ton coup de fil de la gare. Ça te fait partir deux heures plus tôt de Paris, tu seras beaucoup plus peinarde.

— Non.

— Et le train de 13 heures alors ?

Son plaisir, c'est de faire le bon choix parmi une multitude d'alternatives tout aussi bonnes. D'ailleurs, je le comprends maintenant : Igor peine avec les conversations qui ne mettent pas en branle ses capacités algorithmiques. Son esprit itératif. C'est comme ça. Son cauchemar : le plat récit d'une journée de travail. Ses yeux s'agrandissent et se vident de leur substance.

*

Notre meilleur été est derrière nous. En cette rentrée 2019, le dernier dîner de Roch Hachana se déroule presque comme les autres. Après la prière, Igor dévore deux bagels aux graines de pavot, en les savourant un peu plus que d'habitude : il doit réduire son cholestérol, ce sont ses derniers excès avant de se mettre au régime. Puis il commence ses allers-retours dans la cuisine pour ne pas avoir à s'asseoir et à nous écouter. Quand les entrées sont finies, sa partie préférée du dîner, il se met à l'écart pour jouer aux échecs sur son téléphone. On voit ses chaussures dépasser du canapé.

Ce soir-là, on se dispute comme au bon vieux temps. Je lui reproche son désintérêt pour nous tous. Il me reproche de n'avoir rien foutu pour la préparation du repas. Ce qui est vrai. C'est lui qui a acheté la mortadelle, fait cuire le bœuf aux carottes et le poulet au citron et qui a mis la table avec la vaisselle de son mariage. Celle qui est dans le fromager. Moi, comme d'habitude, je me suis comportée en invitée. Un chouïa malhonnête, je tente de lui expliquer que la gymnastique des soirs de fête me donne toujours l'impression d'être une usurpatrice et que c'est la raison pour laquelle j'en fais le moins possible et ne m'assois même pas à côté de lui à table. Je me mets du côté des enfants. Je ne veux pas occuper la place de sa femme. Physique, symbolique, administrative. Je dis tout le temps que c'est ce qui m'empêche d'envisager le mariage, alors que le mariage ne m'a jamais intéressée. Mais peut-être qu'Igor commence à en avoir marre.

Depuis mon histoire avec Joseph, je pensais être définitivement soignée de ma jalousie concernant Igor. Jusqu'à ce dimanche, où nous sommes allés récupérer notre plus jeune fils à un anniversaire à Aubervilliers. Arrive une femme de quarante-cinq ans aux cheveux très courts. Elle porte un imperméable beige et des talons hauts. Elle marche doucement dans le salon comme la bombe de Roger Rabbit. Puis elle enlève son manteau en le faisant glisser sur ses bras. Elle porte une robe verte pailletée. Une fois assise, les jambes croisées, on voit sa peau jusqu'à mi-cuisses. Des taches de rousseur sur les genoux. Rare. Quand elle se met à parler, je pense qu'elle a exactement le degré de bêtise qui excite certains mecs. C'est-à-dire que ce qu'elle dit tape sur le système sans pour autant être insupportable.

Je vois Igor s'agiter. Pour se donner une contenance, il chope par le bras l'enfant de quatre ans dont c'est l'anniversaire (l'enfant fait un vol plané) et le place devant lui. Ça marche : elle les regarde. Il se met à caresser la tête du garçon et à raconter très fort une histoire de son invention. Il lui prend des mains sa boîte de chewing-gum rose et il jongle avec. C'est trop d'agitation en même temps, la boîte tombe. Il la ramasse tout en continuant à crier son histoire. Plus tard, dans le jardin, il édulcore de détails grotesques une anecdote que je connais bien. Puis il participe avec ardeur à une discussion sur la ligne 14 du métro (que la robe verte prend chaque matin). Je suis dans un mauvais jour. Je ne veux même pas essayer de lui rappeler mon existence en intervenant dans la discussion. Je murmure juste : « Arrête de lever la jambe s'il te plaît. Tu es désinhibé », et j'accélère le départ.

Je me demande si Igor m'a lui aussi trompée. Il répond chaque fois : « Et je ferais ça quand, au juste ? » Sa politique, c'est qu'il ne faut rien dire tant qu'on n'a pas décidé de partir. Mais ce soir-là, alors qu'on mange des rouleaux de printemps aux crevettes piquantes, il admet : « Tout à l'heure, c'est vrai, j'ai frétillé comme rarement. » Je lui demande si ça lui arrive souvent. Il me dit que dernièrement il y a eu une ouvreuse de cinéma. Igor m'avait prévenue que quelque chose, que le deuil lui avait pris, allait revenir avec la peur de vieillir : « Prépare-toi, je te tromperai le jour où je serai grand-père. »

J'attends de voir ça et moi, pour le moment, j'ai renoncé aux amants. Ils mangent la tête. Il ne reste plus rien pour l'*agir* professionnel, comme on dit en psychanalyse. Cela expose trop aux écrans. Cela change la qualité de présence à ses enfants. Cela fait s'engueuler avec des amies qui ont peur pour vous ou sont jalouses (c'est pas clair). Cela détourne des enjeux climatiques.

Alors j'imite mon ami Vincent et je cherche mon équilibre narcissique sans pousser le bouchon trop loin. La séduction tranquille pendant les heures de déjeuner en semaine, qu'on dirait inventées pour ça. Cela pourrait me combler si je ne tombais pas sur des abrutis. Antoine, un commissaire qui a pris le parti de me draguer en me rabaissant sans cesse : il m'explique que je ne mérite pas les infos qu'il me donne parce que je ne travaille pas assez vite. Jérôme, le dernier en date, journaliste télé. Pendant une heure et demie, le gars m'a parlé la bouche pleine de l'urgence de revendre son château familial dans le Gers parce que les vagues de chaleur des dix prochaines années risquent de faire diminuer son prix. Spéculation immobilière effondriste. *T'as des vrais problèmes, toi.*

Donc, pour le moment, c'est Igor à vie.

2029. Nos enfants ont dix-sept et quatorze ans. Igor, soixante-six ans, est à la retraite. Il écrit un livre sur les rues de Paris avec Lorànt Deutsch dont l'artère coronaire a enfin été débouchée. J'ai quarante-six ans. Les journaux ont disparu. J'écris une histoire croisée entre la grand-mère d'Igor, déportée à Bergen-Belsen, et mon grand-père qui a été membre de la garde rapprochée du maréchal Pétain (avant de rejoindre le maquis). Nous vivons, comme tout notre milieu social, dans une maison de la petite couronne de Paris. Mon plus jeune fils et moi avons finalement obtenu le chien que nous demandons depuis dix ans. On se réchauffe les pieds dessous. Igor se plaint d'être celui qui le sort et le nourrit. On fait semblant de compatir. Nous ne prenons plus l'avion qu'une fois par an. Cela a été limité par la loi. On sait maintenant qu'une bouffée de cigarette électronique est aussi nocive que dix ans d'exposition à l'amiante. Plusieurs de nos amis sont morts de ça.

2039. Igor a soixante-seize ans et moi, cinquante-six. Si le plan d'Igor s'est réalisé, je ne regarde plus les autres hommes. Je me contente d'admirer ses couleurs chatoyantes. Si les plans des enfants se sont réalisés, l'aîné est devenu footballeur professionnel et le petit, un peintre qui exprime une *colère destructrice* sur ses toiles et vit dans une maison avec plusieurs chiens (comme Maria Callas dans ses derniers jours). Grâce à leur succès, Igor et moi avons réintégré l'intramuros. Nous sommes installés dans une maison de Montmartre. Tous les matins, lors de sa promenade avec le chien, Igor touche les seins de la statue de Dalida en murmurant « seins » trois fois.

2049. Igor (quatre-vingt-six ans) et moi (soixante-six ans) avons tous les deux de gros problèmes de cou. C'était prévisible. Igor a toujours grossi de là. Et moi, j'ai un défaut morphologique à cet endroit. Comme toute mon ascendance bretonne, j'ai une ligne qui va trop vite du haut du cou au menton. C'est comme un fil à linge tendu. Trente-sept ans après sa mort, je pense à Nora Ephron et son livre *I Feel Bad About my Neck.* Un texte dans lequel elle parle du coût de la maintenance lorsqu'on vieillit. « Nos visages sont des mensonges et nos cous sont la vérité. Il faut ouvrir un arbre pour savoir quel âge il a, cela ne serait pas la peine s'il avait un cou. »

2059. J'ai soixante-seize ans. Dans mon lit, je fredonne *La Strasbourgeoise.* Une chanson militaire qu'on a chantée mille fois tous ensemble dans la voiture et dont l'avant-dernier couplet me donne des frissons :

> Gardez votre or, je garde ma puissance,
> Soldat prussien passez votre chemin.
> Moi je ne suis qu'une enfant de la France,
> À l'ennemi je ne tends pas la main.

*

Les parcelles de terre à qui l'on offre plusieurs extraits de nos vies nous en sont-elles reconnaissantes ? Une plage connaît bien notre histoire avec Igor. C'est la plage des Vieilles, à l'île d'Yeu. C'est sur ce sable que j'ai appris qu'il était devenu veuf. Je nous revois, mon amie Charlotte et moi, en juillet 2009. Elle lisait le journal. Sa main droite, en très gros plan dans mes souvenirs, tenait à la fois une cigarette et la page nécrologique. Je trouvais qu'il faisait trop chaud pour fumer. J'étais allongée sur ma serviette, sur le ventre. Elle a émis un son bizarre. J'ai levé la tête vers elle. Elle m'a lu l'avis de décès.

Nous avions parlé de Mozart et Salieri, dans son bureau, une semaine plus tôt, mais je ne savais pas qu'Igor était marié. À mon retour à Paris, je lui ai envoyé un message de condoléances via Twitter. Une courte phrase que j'ai mis une heure à formuler et que je trouve aujourd'hui maniérée. *Des pensées et des pensées en ce moment si difficile.* Il est revenu au journal trois semaines plus tard. Je portais une robe verte en laine légère (moi aussi je peux) et un chapeau de paille. J'étais surprise de le revoir. Quand j'ai croisé son regard, dans le couloir, il parlait avec le directeur de la rédaction. Il m'a fait un signe : le doigt qui trace des cercles pour dire *je passe te voir après.* Dix ans après cette spirale en l'air, un week-end de septembre, Igor et moi arrivons sur cette même plage. Il me dit que ce n'est pas la peine de lui rappeler la scène du journal avec Charlotte : il sait, nous y pensons tous les deux chaque fois que l'on s'approche du sable. Avant qu'il aille faire un tour de kayak avec nos enfants, nous reparlons de nos débuts. Je me surprends à pleurer. Je lui en veux énormément de m'avoir poussée à entrer aussi tôt dans sa vie et à exercer à cette occasion, malgré moi, une grande violence sur ses enfants, qui me voyaient dans ce lit conjugal quand ils passaient devant la chambre. Je lui en veux d'avoir ensuite fait comme s'il fallait protéger son fils de moi alors que j'étais si mal.

La plage des Vieilles connaît nos drames, comme l'écrirait Igor.

En dehors de notre rédaction, c'est la rue de l'École-de-Médecine qui en sait le plus sur le couple que j'ai formé avec Joseph. La première fois qu'on a déjeuné dans l'unique café de cette rue, nous commencions à être amoureux. Nous nous étions arrêtés là après la matinée passée au Luxembourg. En le quittant, je m'étais dit : *S'il est entiché, je vais recevoir un mail dans l'heure,* et je l'avais reçu. *Tu me manques déjà. Les gens ne parlent pas comme toi.* La deuxième fois qu'on a déjeuné dans cette rue, c'était juste après son expo en Hongrie. Il était de passage à Paris. On s'est retrouvés là parce que nos deux lignes de métro s'y croisaient. Il ne restait de notre histoire que quelques mots de passe et une surconsommation tabagique.

Et puis, il y a la rue Charles-François-Dupuis, tout près de République, qui m'a connue à seize ans, quand nous y traînions avec une amie de Neuilly-sur-Seine. Son petit copain, un peu plus âgé qu'elle, habitait là. Il était vendeur dans un magasin de vinyles. Quand nous étions chez lui, nous étions loin des familles folles et des milliers d'arbres (un arbre pour 4,5 habitants) de notre banlieue bourgeoise. C'est dans le café qui fait l'angle de cette rue que deux rencontres décisives auront lieu pour moi. Fin 2019, je ferai la connaissance, à une semaine d'intervalle, d'une actrice jadis célèbre et d'un comédien féministe qui me donneront une idée. Et c'est grâce à elle qu'au terme d'une douloureuse prolongation faite de départs de feu et de déceptions mon histoire avec Joseph s'arrêtera.

LA CAGE

Tout en travaillant dans les sciences moléculaires, ma tante a la psychologie d'une star de cinéma. Quand elle était petite, elle ne comprenait pas pourquoi la Vierge Marie avait été choisie pour l'être plutôt qu'elle. Elle avait peur de devenir trop belle et qu'on ne l'aime que pour ça. À quarante ans, c'était une bombe atomique. À soixante, elle n'a pas changé. Depuis toujours, elle alterne, sans avertissement, l'ultra-rationnel et le déjanté. Les soirs de Noël, elle parle *physico-chimie sous rayonnements*, puis ondule son corps au centre du salon comme si elle était toute seule. Mon meilleur souvenir avec elle : j'avais douze ans, nous étions à une réunion de famille dans le Cantal. Sous le porche de la maison, elle m'a raconté la passion qu'elle avait vécue alors que son fils avait un an. Elle avait quitté son mari parfait et doué pour le bonheur pour un type qui l'avait fait rire à gorge déployée dans un séminaire de sciences dures : «Je suis passée de bobonne centrée sur son fistoune à femme amincie et amoureuse. »

C'est en voyant, quelques jours plus tard, le père de son enfant en contre-plongée (il était monté sur un escabeau pour changer une ampoule) qu'elle a compris qu'elle allait faire ses valises : « Tout a été emporté par une vague. D'un coup, j'étais prête à toutes les aventures et je me disais que mon fils allait s'adapter. » Elle a pris un petit appart et multiplié les allers-retours en voiture en Allemagne pour voir son nouvel amant. Une fois, en arrivant par surprise, elle a découvert une autre femme dans son lit. Elle a pleuré tout le chemin du retour : Potsdam, Brunswick, Dortmund, Charleroi, Compiègne, Paris. Elle a mis sept ans à s'en remettre et n'a plus jamais aimé avec autant de violence.

Après la rupture de l'Assemblée nationale et les aveux à Igor, elle est naturellement la première personne à laquelle j'ai pensé. J'attendais d'elle qu'elle me dise que cette séparation était une bénédiction. Je lui ai envoyé un SMS pour la voir en urgence. Imaginant le pire, ma tante m'a reçue le jour même au CNRS. Seule couleur à un kilomètre à la ronde : les géraniums de son bureau. Elle s'est assise sur son fauteuil en cuir. Alors ? J'ai raconté toute l'histoire, en respectant la chronologie. Je m'ennuyais moi-même, mais elle ne m'interrompait pas. Pour finir, je lui ai dit que je m'apprêtais à tout quitter, comme elle, mais que Joseph m'avait coupée dans mon élan.

— Nous sommes amoureux, mais il m'a rejetée parce qu'il ne voulait pas que ce qu'il ressent pour moi s'enracine et prenne le pouvoir. Il ne nous voyait pas vivre ensemble. Notamment parce qu'il m'imagine lui jeter de la vaisselle au visage. Alors que mon activité principale, le soir, consiste à prendre des bains.

Elle a éclaté de rire.

— Ah mais ce n'est rien ça. La tournure d'esprit tragique des amants…

Stupeur : elle semblait ne pas avoir retenu la leçon de sa propre histoire. Elle ne m'a pas dit de rentrer chez moi et d'essayer de me faire oublier un temps, mais au contraire de sauver le coup.

— Mais enfin, calme-le ! Si tu es amoureuse, tu n'es pas obligée d'acheter son histoire de destruction massive. Vous pouvez vous garder encore un moment. Cela arrive à tout le monde. C'est la vie, Nochette.

— Vraiment ?

— Oui vraiment ! Tu sais, on subit tous des forces d'attraction. On ne vaut pas mieux que les atomes. Simplement, il faut prendre le temps d'y réfléchir. Tu n'es quand même pas venue ici pour que je te fasse une leçon de morale ?

— (Si.) Non ! Mais je ne pensais pas que tu me conseillerais de m'opposer à cette rupture.

Plaisir de me voir et qu'il n'y ait rien de grave à déplorer, méconnaissance du sujet Joseph, ma tante a fait ce jour-là la même erreur d'interprétation que moi dans les premiers temps de notre histoire. L'hiver suivant, elle aurait fini de cerner la personnalité de l'amant – et elle me dirait de prendre la fuite. Mais à ce stade, elle ne pouvait pas imaginer qu'il croyait vraiment que nous courions à la destruction de nos couples puis de nous-mêmes, dans cet ordre. *Hahaha, mais non allons.* Et c'est ainsi qu'une nouvelle fois l'immense volonté de préservation de Joseph n'a pas été respectée. Qui entendra cet homme, qui sait pourtant ce qu'il veut ?

Pas moi : il est trop tôt et j'ai aussi mes problèmes. Je suis son opposé. Une matière passionnelle prête à être déformée. Soufflée à mille degrés comme le verre de Murano. Et quand je reconnais ce plaisir-là, ce qui est quand même rare, je fais partie de celles qui ne s'encombrent de rien. Je ne négocie pas avec des valeurs morales. D'ailleurs, je n'en ai pas. C'est tout à fait comme si j'avais été élevée dans la jungle. Je suis d'accord pour le bizarre et le déconseillé. Pour appuyer sur le bouton qui rebat toutes les cartes. Celui des grandes déflagrations. Partante pour le veuf, l' orphelin, le mégalo et le dépressif, pourvu que ce soit intéressant. La crise d'adolescence, que je n'ai pas faite, couve. Mon absence de retenue a quelque chose d'héroïque et d'accablant pour moi-même. Nous

nous sommes quittées à 18 heures en nous serrant dans les bras. J'ai descendu l'escalier le plus vite possible, m'amusant du retour spectaculaire de ma motricité. J'étais rebecquetée. Je ne lâcherais pas. Je n'admettrais pas que, dans la vie, on puisse débrancher une passion à son paroxysme.

J'étais à trente mètres de chez moi quand je me suis rendu compte qu'il m'était impossible de rentrer d'emblée, d'afficher un visage normal, alors j'ai fait une halte dans le café du quartier où BFM est projetée sur grand écran, ce qui nous frappe toujours, avec Igor, comme un honneur disproportionné. Mais au moins, on voit bien : Cristiano Ronaldo recevait le Ballon d'or. C'est ici, en tournant un bidule en plastique dans une menthe à l'eau, que j'ai imaginé une riposte désespérée à notre rupture survenue deux semaines plus tôt. Assez vite, un mot s'est imposé, humblement inspiré du dégel de la guerre froide : la *détente.* J'ai convoqué Joseph par mail : *Voyons-nous dans une rue étroite près du journal. J'ai quelque chose à te dire.* Le lendemain, en fin de journée, nous étions l'un en face de l'autre. Il avait mis un nouveau caban bleu marine dont il était fier. *Qu'est-ce qu'elle va penser de mon nouveau caban bleu marine.* Mes mains partaient dans tous les sens tandis que j'expliquais pourquoi nous devions revenir sur cette séparation brutale. Continuer de nous voir. Simplement nous calmer. Et arrêter de nous poser la grande question de la vie ensemble. Voilà, ce n'était quand même pas compliqué :

— On tempère, on voit ce qu'il se passe, cela s'appelle la détente.

Je n'ai levé les yeux sur lui qu'à ce dernier mot. Son sourire montait jusqu'à ses lobes d'oreilles, qu'il a épais.

— Si on m'avait dit que j'allais te récupérer aujourd'hui…

En retournant vers le journal, nous marchions à un mètre l'un de l'autre. Prenions ensemble toute la largeur du trottoir. La masse d'air qui nous séparait était vivante. Gazeuse et un peu chaude. Lorsque nous avons franchi l'entrée, nous étions au ralenti, c'était un come-back. Je serrais les poings de joie parce que je ne mesurais pas l'ampleur du malentendu qu'il y avait entre nous. C'est pourtant le gros risque avec les mots-clés. Pour moi, la détente, c'était notre relation qui continuait, un ton en dessous. Joseph, qui ne connaît pas la modération, pensait qu'il allait désormais être autorisé à l'enclencher et à l'interrompre. Alterner sexe et absence pour mettre fin à l'escalade amoureuse. Bonne technique. Mais combien de temps avant de nous entre-tuer ?

Moins d'un mois. L'histoire a redémarré, mais avec le dos bloqué. On n'y parlait plus que d'aménagements antidouleur. C'était lassant pour tout le monde. Et surtout, Joseph se comportait désormais comme une geisha. Dans cette phase 2, il s'abandonnait à certaines de mes demandes, passait une tête dans mon bureau quand elles tardaient à venir, mais se gardait de toute proposition. Sauf exception, il n'écrivait plus spontanément. Les mots que je lui inspirais et qui m'atteignaient encore, deux semaines plus tôt, aussi régulièrement qu'on sort la tête de l'eau en brasse coulée quand on n'est pas fort, étaient retenus quelque part.

Joseph laissait maintenant passer des jours avant de répondre à mes mails. Ou même, allez, il n'y répondait plus. Parce que j'étais amoureuse, et même sans l'être, parce que j'ai un regard attentif sur l'état psychique des gens, c'est ma valeur et ma fatigue, je recevais à mille pour cent tout ce qu'il dégageait de contradictoire et j'étais tracassée en permanence. Destin infernal des êtres capteurs-vérificateurs. Je sentais que je pouvais lui faire prendre feu en lui effleurant le genou, mais aussi que la force de son retrait était irréductible. Il m'éjectait bien qu'il me désire. Exprimait un oui non verbal et un non verbal. Selon les jours, passait ou ne passait pas devant mon bureau. S'il était ému, jetait son émotion par terre. Pensait cent fois à moi sans me le dire. N'avait pas répondu à mon dernier SMS, mais disait : « Il faut qu'on fasse l'amour. » Puis disparaissait.

Pour André Green, psychiatre, psychanalyste et penseur du négatif, un titre que je lui jalouse, il existe une négativité normale du psychisme quand ses demandes ne sont pas comblées immédiatement. Et une autre négativité, radicale cette fois : la pulsion émanant du sujet – Joseph – étant forte et son objet – moi – se révélant trop imprévisible, un désengagement a lieu. Le lien n'est pas rompu : c'est l'engagement par la pulsion qui se défait. C'est tout à fait ce qu'il se passait. Je me faisais dépulsionner ! Page 207 du livre de Green *Le Travail du négatif* se trouve un chapitre entier sur cette déliaison subjectale. Des pages fascinantes quand on l'a vécue, qui expliquent comment le sujet se coupe de ses pulsions pour se défendre de ce que l'objet pourrait vouloir lui faire subir. Asservissement. Possession. Ce qu'il veut me faire se confond avec ce qu'il risque. Il y oppose un non impératif et irrévocable : « L'angoisse suscitée par les pulsions, la crainte du rejet et de la perte entraînant d'interminables douleurs de deuil, de rage, de dévalorisation, l'appréhension de l'intolérance à la frustration, poussent le sujet à s'abstenir devant les approches de l'objet, voire à décourager franchement celles-ci ou à fuir toutes les circonstances de proximité. »

En quelques semaines, Joseph avait réduit mon existence aux seuls moments où j'étais physiquement devant lui. Je lui ai demandé pourquoi il ne m'écrivait plus. *Il se trouve que j'ai besoin de te mettre à distance quand, de fait, tu l'es. Il faut qu'on soit heureux aussi l'un sans l'autre, puisqu'on a décidé de ne pas l'être ensemble.*

*

Je n'avais pas menti le soir de notre rencontre : j'aime beaucoup Boulogne-sur-Mer. Et pour ces vacances de Noël 2016, qui allaient entrecouper la détente, j'avais insisté pour qu'on loue une maison à Wimereux, la station balnéaire d'à côté, que j'avais traversée à l'occasion d'un mariage et que j'avais perçue comme moins bourgeoise. Fin décembre, quand je suis partie là-bas en famille, je portais sur la tête le bonnet rose que Joseph voyait partout dans la rue au début de notre histoire. Il y avait des lumières électriques bleues dans le ciel, et toute la famille : ma mère, celle d'Igor, ses grands enfants. J'étais moins larmoyante mais plus triste que le soir de *La Traviata.* Dans mon corps, je le sentais s'éloigner. Comme une balle balayée par le vent dont on ne peut qu'espérer qu'elle s'arrête. Chaque mètre en plus m'éventrait. J'avais la peau grise : quoi que je fasse, toute lumière avait déserté mon visage. J'étais soucieuse en marchant le long de la mer et soucieuse en marchant le long des maisons en brique.

Face à la côte anglaise, les pieds dans le sable, il fallait se débattre avec la maltraitance affective qui découlait de la situation. Je suis la trace du désir de l'Autre, selon la formule de Lacan. Oui, mais que se passe-t-il quand le désir de l'Autre est nié, discontinu, enterré vivant ? Alors que le nôtre a aussi des défauts, sûrement, mais il est plein et stable et sympathique. Il se passe qu'au lieu de se mettre dans une colère noire, de dire : *Allez, tu m'as trop fait chier maintenant, sors de ma vie*, la catégorie d'êtres humains dont je fais partie a tendance à essayer de comprendre et à s'adapter sans fin. Entrer sous emprise légère. Soumission tranquille. Patience morbide. On peut être fort dans la vie et se retrouver là quand même. La relation se déséquilibre. On n'a pas les moyens de l'arrêter. On écoute le cœur de l'autre, c'est tout.

*

Trois ans plus tard, en octobre 2019, je regarde les photos de ces jours d'hiver, allongée sur le lit king size de l'hôtel Chinagora d'Alfortville. Un bâtiment-pagode mégalomaniaque, architecturalement inspiré de la Cité interdite, dont les chambres donnent sur la Marne. « Ah, tu vas au Chinagora ! » Quand j'ai quitté le journal avec mon sac à dos, un collègue m'a enviée. Jérôme, qui redoutait son week-end en famille, m'a dit qu'un de ses potes s'y était marié il y a dix ans. Cet hôtel, guetté par la faillite, fut un temps une attraction pour le sud de Paris et le 94. Igor m'a offert ici deux nuits de solitude. Il sait que le bâtiment m'impressionne, que j'ai envie de le filmer ainsi que les péniches qui avancent, avec leurs phares allumés, sur l'eau très bleue du matin. Il préfère me savoir là qu'à Ouessant.

Le Chinagora est aujourd'hui un drôle d'hôtel décrépi qui me met dans un parfait état de nervosité. Mon étage semble bien rempli, mais les autres sont atrocement vides. Les meubles en bois laqué de la chambre ont une taille disproportionnée et le petit-déjeuner est suspect. Notamment parce que les œufs brouillés sentent à eux seuls le riz cantonais, ce qui crée une discontinuité visuo-olfactive et donc de l'angoisse. Et puis, au septième palier, angoisse aussi, le balcon donne sur des quais, de l'eau, des ponts, un stade et des grues. Spot de suicide à message. *La croissance chinoise me faisait peur.* Je regarde en bas : c'est très haut et il y a des poubelles ouvertes et vides. Trouille de sauter dedans. Je ferme la porte-fenêtre : je vais suffisamment bien, en ce moment, pour maîtriser ces idées. J'ai même oublié de prendre la vieille plaquette de Xanax que je réserve à tous mes séjours à l'hôtel et dans des villes de 15 000 à 40 000 habitants (Tulle, Chartres).

Entre deux gorgées d'une bouteille de San Pellegrino, elle aussi géante, je fais défiler sur mon téléphone les images de ce Noël dans le Pas-de-Calais. J'allais mal et d'ailleurs, pour chaque photo, je peux dire quelle sorte de tiraillement je ressentais quand elle a été prise. Je peux dire si j'étais dans un moment où je me retenais de lui écrire, un moment où j'attendais une réponse ou un moment où je venais d'en recevoir une qui était nulle.

*

Le jour de Noël, en fin de journée, comme il manquait des cadeaux pour nos mères, Igor et moi avons longuement arpenté l'unique rue commerçante. Nous cherchions des écharpes en cachemire. Il a fini par en trouver une rouge pas trop mal. J'ai touché la matière d'une main distraite, « oui c'est doux », tout en serrant, de l'autre, le téléphone dans ma poche. J'attendais une vibration. Je savais que Joseph était en train de m'écrire parce que j'avais vu, une minute plus tôt, les petits points d'écriture s'agiter sur mon iPhone. J'attendais, mais les enfants faisaient tomber des piles de polos dans la boutique, ce qui m'empêchait de bien attendre. La vendeuse ne souriait plus. Ce qui est mon critère pour commencer à vouloir disparaître. J'ai demandé à Igor de leur mettre un dessin animé. « S'il te plaît, ils font n'importe quoi là, mets-leur un *Trotro.* » L'écran à la main, mes enfants se sont serrés l'un contre l'autre dans une cabine d'essayage.

*

Je regarde cette image d'eux assise sur la moquette fleurs de lotus du Chinagora. On aura écrit nos prénoms dans le sable mais, impatiente et divisée, j'ai sûrement raté ces vacances avec eux. Je me souviens du nombre de mois qu'il me reste à vivre comme ça, sans être de plain-pied avec mes proches, et du désarroi imminent.

*

Quand nous sommes sortis de la boutique, les points ne remuaient plus. Les pixels étaient pétrifiés. L'écran était désolé : il ne pouvait pas inventer des mots à sa place. J'ai eu envie de m'asseoir sur le trottoir et de ne plus bouger tant qu'un message ne serait pas arrivé.

C'est plus tard dans la journée, alors que j'étais en train de ne pas manger ma part de bûche de réveillon (à ce stade, tout le monde s'était habitué à ce que je n'avale plus rien), qu'une bulle rouge est apparue sur Telegram. J'ai d'abord pensé à un piège : l'appli de messages cryptés signale de la même façon les courriers reçus et l'arrivée d'un nouvel utilisateur sur la plateforme. On croit à une déclaration d'amour, et c'est l'avocat du Front national, dont j'ai le numéro pour des raisons professionnelles. J'ai tourné mon portable face contre table : cela ne pouvait pas être Joseph, qui passait la soirée dans la famille ultra catho de sa compagne. Des gens de Saint- Nazaire. Un repas français probablement coercitif du genre : *On va passer au salon. Prenez vos verres.* Mais il fallait quand même vérifier. J'ai glissé le téléphone dans la poche arrière de mon jean et me suis tranquillement dirigée vers les toilettes. L'antichambre de l'adultère, depuis qu'on n'a plus de cabinet de travail comme Alexandre Dumas fils. J'ai fait le code d'entrée secret de l'appli et j'ai lu. Il n'y avait que deux mots : *Un bisou.* Il me faisait un bisou. Et puis ? Assise sur l'abattant des toilettes, j'ai attendu une minute pour voir si les petits points d'écriture revenaient. Mais non. C'était ma ration du jour, mon pain du soir, sa pensée pour Noël. *Ah bah merci.* Je suis retournée jouer dans le salon avec le nouveau garage des enfants et plusieurs figurines. Les grands-mères, toutes deux remplies de pot-au-feu de la mer, étaient gaies comme des clochettes. C'était agaçant. J'agitais Hulk. Hyper négative, je le faisais se plaindre des prix de l'essence. Que foutait-il ici d'ailleurs ? Sa place est dans un service de dermatologie. Y a-t-il cadeau plus emmerdant pour les parents qu'un garage en plastique ? Quel était l'intérêt de m'écrire ça plutôt que rien ?

À Wimereux, la maison était située dans une rue parallèle au front de mer. L'air qui entrait par la fenêtre était salé. La chambre se trouvait à l'étage, avec un beau parquet, et sous la couette épaisse, alors que tout allait bien, je n'arrivais pas à lire les nouvelles de David Foster Wallace qu'on m'avait offertes. Le livre était dans mes mains, génial, mais mes pupilles faisaient le tour de leurs possibilités. J'avais mon idée foireuse de détente en tête. Je ressentais l'urgence d'y mettre fin. D'envoyer l'un de ces messages définitifs regrettés quarante-six minutes plus tard s'ils sont laissés sans réponse (l'agressivité laissée seule s'étiole si vite). Je me suis retenue jusqu'au soir, mais dans le train qui me ramenait vers Paris, j'ai cédé. *Sache que tu as gâché mes vacances. Tes silences sont sans cesse venus percuter le bonheur mou de la famille.* Joseph a vu le message, mais il n'y a pas répondu. J'ai gardé la tête haute sur le quai du train, puis sur celui du métro. J'ai mis Cat Stevens dans mes écouteurs, *Last Love Song*, pour me rappeler que la souffrance est un état partagé. Et à l'aube, alors que nous aurions pu être ensemble quelque part puisque ma famille était restée au bord de la Manche, j'ai découvert un très long message dans ma boîte mail.

Joseph m'y expliquait qu'il trouverait ça nase de faire repartir notre histoire, comme si une rupture n'avait pas déjà eu lieu et comme si rien de douloureux n'allait se produire si cela se répétait. Donc ces silences, ces absences, ces cicatrices de la rupture, il fallait les chérir. C'était en s'appuyant sur cette panoplie insonore que nous pourrions continuer à nous voir. Il comprenait que cet ersatz de relation amoureuse ne m'aille pas tout à fait : c'était juste assez pour perturber ma vie de couple, mais pas intéressant pour autant. Mais il trouvait que cette façon de voir les choses était problématique parce que évidemment, si cela redevenait trop fort entre nous, cela me perturberait encore plus, et on retomberait dans la logique de gradation qui nous mènerait *tu sais où, et cette fois je pense que ça serait vraiment destructeur*. Alors voilà, le but du jeu, disait-il, c'était de se voir, de faire l'amour, de se faire du bien, de se faire rire, de s'intéresser l'un à l'autre. Pas d'avoir un mini-couple à côté, parce qu'on n'en était pas capables.

Le message était à première vue bien fichu. L'implacabilité joséphienne : son intelligence reconnaissable entre mille. Mais du temps a passé et je n'y vois plus aujourd'hui qu'un petit chef-d'œuvre de gaslighting (forme classique d'abus mental dans lequel l'information est déformée). Au lieu de dire : *Je veux te sortir de ma vie mais, n'y arrivant pas assez vite, je te fais un mal de chien*, Joseph affirme que ma souffrance est précieuse et mes demandes inconsidérées. Ici, clairement, rien d'extérieur à lui-même n'existe. Les choses sont conçues de telle manière qu'elles lui conviennent. Si on en doute, on peut rapprocher des bouts de phrases entre eux. Les problèmes apparaissent. Faire l'amour et faire prospérer les silences : un projet tordu. Et puis, revoilà dans ce message la menace floue. Destruction, avalement, morcellement, déchéance, on ne sait quoi qui nous guette.

Ne me détruis pas, steuplé.

Selon un psychiatre de Seattle ayant étudié le gaslighting, ce dernier est rendu possible grâce à un procédé d'identification projective : quand le fantasme inconscient d'une personne est projeté de force dans une autre. Depuis le début de notre histoire, Joseph m'a poussée à redouter une catastrophe inhérente au rapprochement de nos corps. Cette chose trop forte qui lui appartient et qu'il a projetée sur nous, j'ai fini par l'accepter puisque quand il me dira, un an plus tard, que nous devons faire attention de ne pas trop nous voir parce que nous provoquons l'un chez l'autre *des sensations monumentales*, je hocherai la tête de bon cœur. *Oui, je sais.* Mais en rentrant de ces vacances, je ne comprenais pas pourquoi je devais soudain passer mes journées à attendre des messages qui n'étaient plus que des résidus méconnaissables de leurs prédécesseurs. Et pourtant, au lieu de rompre, mon esprit, effrayé par la rupture, a pondu une nouvelle étape et sa nouvelle appellation : le mois blanc.

*

Un compte à rebours était lancé puisqu'au printemps 2017 je m'apercevrais que, depuis un moment, Joseph et moi n'étions plus au même endroit de notre passion. Mais avant cela, il y a eu le mois blanc avorté (mon silence ne pouvait excéder un jour et une nuit) et un trimestre entier dont il avait encore besoin pour se détacher de moi. Une période infernale, durant laquelle il appuyait sur tous les boutons. M'encourageait à tenir à lui :

« Si on est encore aussi amoureux dans deux ans, il faudra en tirer des conclusions. » M'ignorait. Sur Telegram, qu'on utilisait quotidiennement, son profil est passé en *last seen within a week*, ce qui veut dire qu'il n'y mettait plus les pieds. De manière ostentatoire. Stérilité générale de mon téléphone. Taper sur l'écran, inutile. Le secouer comme des maracas aussi. L'oublier quelque part et le retrouver, pareil. Rien. Les bulles rouges ne voulaient plus éclore. Dit comme ça, cela paraît ridicule. Mais l'ergonomie des réseaux sociaux n'aide pas les gens malheureux. L'absence de grigris colorés me mettait en état de manque. La nuit, je rêvais de notifications et, alors que le sevrage commençait à peine, j'en recevais une dans le bus. *J'ai toujours ce machin amoureux qui vibre partout en moi.*

Au début de l'année 2017, en plein dans ce bordel sentimental, nous nous sommes retrouvés au comptoir d'une brasserie. Ce soir-là, Joseph me regardait avec gentillesse, mais ses paupières étaient lourdes et son corps, courbé. Sa veste en cuir formait quasiment un arc de cercle qui reliait le tabouret au comptoir. *Méfie-toi. Il prépare quelque chose. Une affirmation forte.* Au bout de vingt minutes, j'ai cru la voir au bord de ses lèvres. Mais Joseph a bu une gorgée de bière. Une seconde après, il a dit que sa compagne était peut-être enceinte. Peut-être. Ils avaient accéléré le processus parce qu'elle avait presque quarante ans. Presque. «Je préfère te prévenir, c'est sûrement déjà le cas.» Sûrement. Voilà. C'était tellement concomitant à notre histoire que je ne savais plus qui était enceinte : elle, lui ou moi. Répète ? Il a répété. Une colère est montée, contre laquelle rien ne pouvait être fait dans un lieu aussi bondé. Je me souviens que ce que j'ai pensé à ce moment-là m'a, pour une fois, paru indicible. J'avais la désagréable sensation d'avoir été leur rampe de lancement. La force motrice de leur unité de production. Le désir, grossi avec moi, avait été réinvesti ailleurs. Comme dans un système de pompe. Je me sentais dévalisée.

J'en étais encore à vérifier l'intégrité de mon corps, que rien ne s'était détaché, de mes bras et de mes jambes, quand Joseph s'est senti obligé d'ajouter : «Je t'ai toujours dit que mon couple se portait très bien.» Là, j'ai senti un appel d'air à l'intérieur de ma gorge. J'ai eu envie de hurler qu'il me mentait ou qu'il se mentait à lui-même : que, si son couple était sorti indemne de ce qu'on avait vécu, c'est qu'il était en métal. *Faudrait pas non plus être trop fier d'un couple en métal, gars.* J'aurais dû répondre ça. À cet instant, peu importaient le monde et une collègue au loin qui m'a toujours été hostile, j'aurais dû me lever, lui écraser le pied au point de l'aplatir pour de bon et disparaître dans une rafale. Mon problème, c'est que j'étais terrorisée par les actes revêtant un caractère définitif. L'inquiétude qu'il affichait m'engourdissait. Il était debout devant moi, j'avais envie de réchauffer mes mains dans ses cheveux.

Je n'ai rien fait.

Après cette bière tragique, Joseph m'a envoyé un mail. *J'ai peur que tu sois furieuse. Ou que tu n'ailles pas bien. Ou que tu ailles bien.* C'est drôle, parce que la seule chose qui l'a toujours intéressé, c'est ça : savoir si je suis fâchée ou furieuse contre lui. Le reste, il s'en fout.

*

En février 2017, Igor m'a offert trois jours à Séville pour mon anniversaire. J'ai pourtant passé un certain temps de notre vie commune à lui décrire le bourdon monstre que me procurent les courtes vacances dans les villes européennes. Je me méfie du revêtement intérieur en plastique des avions. De la structure psychique du pilote. Des variations sonores du moteur. Je hais déplacer certaines affaires pour si peu de temps, l'exhaustivité des guides, les transports en commun étrangers. Bon, en fait, j'ai surtout très peur de l'avion. C'est aussi une histoire d'ego : je supporte mal d'être aussi indiscutablement en train de faire ce qu'on attend de moi. La chorégraphie : le bagage cabine, aller voir l'Alcazar, manger des tapas, avoir au moins deux rapports sexuels. Je suis sur la ligne d'Émile Littré, qui définit le touriste comme un voyageur « qui ne parcourt des pays étrangers que par curiosité et désœuvrement, qui fait une espèce de tournée dans des pays habituellement visités par ses compatriotes ».

Ce n'est pas qu'une histoire de goût. Le week-end européen déclenche aussi des symptômes d'anxiété. Dès le démarrage du taxi, en bas de la maison, j'ai la sensation d'être un point lumineux qui avance sur une carte. Je suis submergée par des images dépressives qui ressemblent beaucoup à celles de mon syndrome prémenstruel. Trois jours avant mes règles, j'ai l'impression, quand je me déplace, d'être une fourmi de taille moyenne.

Moi, j'avais demandé Le Havre. Je voulais retourner dans la piscine de Jean Nouvel qui m'avait donné l'impression, quand j'étais enceinte, de nager dans les nuages. Un flash blanc. Une expérience de mort imminente à peu de frais. Mais un homme qui peut tout entendre n'écoute pas tout. C'était mon anniversaire, mais ça faisait longtemps qu'Igor voulait aller dans le sud de l'Espagne. « Ça sera formidable, tu vas voir. » Il y aurait du soleil et on pourrait même faire un petit crochet par Grenade (c'est pas vrai, il a commencé, là, devant moi, à faire tourner les options de trajets sur son téléphone portable). « Fais ta valise ! » Nous partions le lendemain, à l'aube, en low cost. Pas d'un aéroport en bonne et due forme, mais d'un bâtiment en préfabriqué. *Chauffé quand même ou je prends des gants ?* Le soir, nous dînerions sur une Plaza de España quelconque. « Sans manteaux, en février, t'imagines le bonheur. » Avec, à la table d'à côté, un couple bardé d'ados rétifs et d'appareils reflex numériques. Avec aussi cette sensation légèrement défensive qu'on a quand on est dans un endroit que tout le monde connaît mieux que soi.

Dans le taxi, sur le périph, Igor a passé des coups de fil professionnels tandis que je découvrais un message Telegram de Joseph déclarant notre amour mort-vivant, mais vivant. *Je t'aime aussi, je te signale.* Comme Igor était absorbé par sa discussion, j'avais pris le risque d'ouvrir le message à côté de lui. Mais j'avais le souffle coupé et je ne voyais pas comment reprendre une respiration normale : ce que je devais expirer d'abord risquait d'attirer l'attention sur moi. L'effet de ce message sur le week-end fut désastreux. Une catastrophe, parce que Igor et moi étions encore très loin de nous être retrouvés – le pire arrivait – et parce que le tourisme ne met pas le père de mes enfants à son avantage. Son syndrome des suggestions oppressantes s'accentue. « Laisse-moi porter ton sac. » Non. « Alors donne-moi ton pull ? » Non. Il met des shorts, des sandales et des chaussettes hautes. Un sac en toile bleu Décathlon rempli de médicaments dans son sac à dos. Sac à dos qu'il clippe sur sa poitrine. C'est adorable quand on l'aime. Il peut aussi sans problème entrer dans un magasin et, en en sortant, prendre la direction par laquelle il est arrivé.

Pendant ce séjour, Igor n'a pas arrêté de me demander si mon cœur battait pour lui. La réponse : absolument pas. L'indifférence d'une méduse et j'en étais malade. Parce que, comme Sofia Iégorovna détournée de son mariage par ce manipulateur de Platonov dans la pièce de Tchekhov, je sentais bien qu'il s'agissait d'un manque de caractère. « Mais on est au bord du malheur ! Je suis déjà capable de ne plus penser à mon mari des jours durant, d'oublier qu'il est là, de ne plus faire attention à ce qu'il dit… Il commence à me peser. Que faire ? (*Elle réfléchit.*) C'est affreux ! Nous sommes mariés depuis si peu de temps, et, déjà… Et tout cela, c'est lui… ce Platonov ! Je n'ai pas assez de force, je n'ai pas assez de caractère, non, rien qui m'aide à résister à cet homme ! »

*

À mon retour d'Espagne, Joseph a dit qu'il avait un cadeau pour moi. Dans une salle isolée du journal, nous nous sommes assis aux deux extrémités d'un grand canapé violet. Canapé violet sur lequel j'avais découvert, avec lui, le principe de l'éjaculation féminine. Mais c'était dans une autre vie. Cinq mois avaient passé. Le paquet était trop gros pour que le cadeau soit intéressant. Pas grave, j'étais émue, je l'ai déchiré et j'ai découvert une peluche. Un aigle marron, blanc et jaune. Ni grand ni petit. Avec une colonne vertébrale solide : fait pour garder une étagère plus que pour partager un lit. Il n'inspirait rien de particulier. Ni peur ni réconfort. Il avait un regard un peu étonné. Des pattes boudinées sur lesquelles on avait envie d'appuyer pour qu'en sorte de la musique. Des ailes dépliées qui lui arrivaient aux genoux. C'était un aigle de Comics, ayant bu de l'alcool toute sa vie. Un amas synthétique sans intérêt apparent. J'ai regardé Joseph, mais il ne s'apprêtait pas à donner d'explication. Bon. Il faisait une moue amoureuse et il a juste dit :

— Ça te plaît ?

— Ah mais oui, c'est adorable.

(Quand deux ans plus tard, ne comprenant toujours pas ce que cet aigle voulait me dire et que, l'ayant assez vu, j'ai décidé de le planquer dans le tiroir vide d'une collègue, j'ai eu le même fou rire ravalé que sur le canapé violet. C'était bien vu quand même. Les ailes inertes, le rapace sans vie, l'élan en carton. Mais aussi la peluche comme lien aux autres fantasmé par Joseph. On ne critique jamais une peluche. Son attente passive de satisfaction. Ce n'est même pas possible. On l'aime alors qu'elle n'a rien d'autre à offrir que son existence.)

Mais sur le moment, j'avais trente-quatre ans et j'étais en train de rejouer la scène de mes dix-huit ans. J'étais au lycée Condorcet à Paris. Bonne en maths, c'est le moment de le dire. J'habitais le quartier des Batignolles avec ma mère. Ayant grandi à Neuilly-sur-Seine, pas du tout dans la jungle, des relations de cette époque me restaient et j'étais amoureuse d'un grand blond aux yeux bleus vivant dans le XVIe arrondissement de Paris. Boîte à bac. Arcade sourcilière et bouche admirables. Antoine est le garçon avec lequel j'ai perdu ma virginité, un samedi, en début de soirée, après une Techno Parade et avant un McDo. Après ça, j'ai été amoureuse de lui pendant six ans, tandis que lui revenait parfois vers moi. (Une fois, on m'a mise sous trithérapie parce que, dans la même journée, le préservatif que nous utilisions avait craqué et que j'avais appris qu'une semaine avant il s'était fait faire une fellation en Thaïlande par une inconnue dans les toilettes d'un bar. Ce genre d'histoires.)

Antoine vit désormais au Brésil. À moins qu'il n'ait changé, c'est un aussi mauvais deal sentimental que Joseph. Même genre de dévouement féminin demandé à la caisse. Mais à l'époque, je trouvais que ce qu'on avait était important. Le jour de ma majorité, il était passé à la fête que j'avais organisée chez moi. Il ne connaissait personne, mais il avait fait l'effort de venir. Sa présence avait illuminé ma soirée. Quand, assise sur le lit de ma mère, j'avais ouvert son cadeau en tremblant, j'avais découvert une trousse Muji noire avec, choc de premier degré, quatre stylos à l'intérieur. Rose, turquoise, orange, violet. J'avais dit : « Ah mais super, c'est une trousse avec des stylos. » Et : « Ça tombe bien, j'avais pas de stylo orange. » J'en ris encore aujourd'hui.

Sur le canapé, Joseph m'a regardée par en dessous :

— On se fait pas de bisou ?

*

À cette époque, j'aurais pu dessiner un imagier des positions de son corps. Dix pages auraient été consacrées aux pots de départ parce que c'étaient nos moments et que je savais tout de ses postures avec un verre en plastique à la main. Même quand j'étais en grande conversation avec quelqu'un et qu'il se trouvait dans mon angle mort, je pouvais dire comment il était installé. Situer son centre de masse corporelle. Son ossature m'émouvait. À chaque endroit occupé par lui, mon esprit posait une silhouette en carton. En fin de soirée, elles étaient quarante. Je leur disais au revoir : c'était l'île de Pâques des Joseph. À propos de lui, une amie qui m'est chère dit toujours : « Ce type n'a pas de colonne vertébrale au sens propre et figuré, c'est un spaghetti ! » Pas faux. Mais c'est ce qui rend son corps intéressant. L'impression qu'on pourrait lui faire faire les lettres de l'alphabet.

Aucune aptitude à la bagarre, mais il se bat dans son imagination.

En mars, la fête de départ d'une stagiaire a commencé à 18 heures dans la grande salle de conférences. Toujours cette ambiance de plan social, alors tout le monde a énormément bu. À 21 heures, la sensation générale était qu'il était 3 heures du matin. Dans la pénombre, l'escalier en pierre du journal et le fer forgé créaient une atmosphère de petit manoir. Au dernier étage, seuls dans un open-space en soupente, Joseph m'a prise par la taille. Position solennelle dont j'ai déjà parlé. Ses pupilles étaient fixes. Il a gonflé sa lèvre inférieure comme un grain de raisin. Il a placé ses mains de chaque côté de mon visage et a tiré sur ma peau comme s'il voulait y faire circuler le sang. Il m'a serré le cou avec une main et l'a poussé vers l'arrière. Puis il a arrêté ces manipulations fétiches et m'a dit les choses les plus compréhensibles de notre courte histoire.

Sentant qu'il me faudrait y revenir cent fois, j'ai conservé la note de mon téléphone. Voici les onze phrases qui constituent la lettre de rupture que je n'ai jamais reçue. Elles m'ont toutes travaillée, dans le sens où elles m'ont toutes donné envie de crier à l'injustice et de me taire.

> Je n'aurais pas pu m'occuper de toi
> Tu te serais occupée de moi seulement

Tu me vexes tout le temps sans t'en rendre compte

Je n'aurais pas supporté ta violence

J'ai réalisé que ma compagne me manquerait trop

Je t'aurais déçue

Tu m'aurais jeté dehors au bout de trois ans

C'est la première fois qu'on m'aime sans être dupe, ça fait bizarre

Tu es quelqu'un de pessimiste, tu ne sublimes rien

Tu as plus souffert que moi, je ne sais pas pourquoi

Je ne ferais plus rien si j'étais en couple avec toi

À force, j'ai fini par comprendre que Joseph veut partager sa vie avec une femme qui porte en elle une forme de renoncement. Il me fait penser à Jake Donaghue, ce génial personnage de la romancière irlandaise Iris Murdoch. Un écrivain brillant, attachant, divaguant dans Londres et n'offrant rien à personne. Ou seulement quand il est trop tard. Il dit détester la solitude, mais avoir peur de l'intimité. La substance de sa vie est une conversation privée avec lui-même qui, « si elle tournait au dialogue, équivaudrait à une autodestruction ». Le garçon passe à côté d'Anna, une fille qu'il aimait sans doute puisqu'il avait pour elle *un intérêt inépuisable*, mais dont le défaut est de vouloir exister avec intensité. Pour Joseph aussi, il est ridicule de prendre la vie avec emphase et de provoquer des drames alors que, comme il l'a un jour entendu dans un podcast de philo, l'être humain n'est qu'un assemblage hasardeux de particules physiques, de la matière agglomérée survivant un temps à son environnement, comme les nuages.

Quant à ma violence, que ceux qui m'aiment appellent lucidité, il faut admettre que ce n'est pas la première fois qu'on m'en parle comme d'un problème en amour. Il est également indéniable que certaines de mes amies attendent d'être en forme pour me voir. Qu'il faut sûrement l'être pour m'entendre rabattre tous leurs discours sur la ligne d'horizon. Maintenir les oiseaux au sol. *Tu te racontes des histoires.* Les secouer comme des poupées à court de piles. Je suis la grande casseuse de fantasmes.

Alors je l'ai déjà dit, mais je le répète, j'ai beaucoup de chance d'avoir fabriqué des enfants avec un homme qui supporte la parole critique et torrentielle. La lame cachée sous la coiffe. Igor me demande sans cesse pourquoi je tiens à lui. Je réponds : « Parce que tu es la meilleure brioche. Un bébé géant. » Mais en vérité, ce dont je ne saurais plus me passer, c'est du confort affectif dans lequel nous nous parlons. Ceux qui nous entendent trouvent nos échanges brutaux. Pensent toujours que nous nous disputons. Mais non. C'est juste que lui et moi n'avons pas peur de ce qui nous passe par la tête. Rien ne stagne. Tout est transparent.

Je rêve souvent que mes collègues de bureau arrivent le matin avec des cheveux oxygénés. Comme si de rien n'était. Je m'écrie : « Mais les gens sont faux ! » C'est le cœur battant de mon angoisse et la transparence m'en protège. Nos échanges avec Igor sont à l'os :

— Je pensais que t'étais amoureuse de moi, aujourd'hui, mais notre dîner est pourri là, non ?

— Oui c'est nul. Je suis moins amoureuse qu'hier.

— Ah, il fallait le dire. C'est parce que je me suis rasé ?

— Peut-être. Je préfère quand on voit moins de surface de peau.

Je comprends ce qu'il y a de déprimant dans ce type de conversation, mais Igor et moi aimons bien. Et l'avantage de vivre avec un être qui ne pratique pas la dissimulation, c'est qu'on peut le contempler sous tous les angles, comme un Playmobil, et juger sur pièce. Il n'y a pas d'armes cachées, de désirs morbides, de trahisons en cours. Pas de déguisement comme dans *Mrs. Doubtfire*, le cauchemar de mon enfance. L'homme qui est seul sur le balcon est le même que celui qui revient dans le salon. On le reconnaît.

*

J'ai toujours su qu'à ses heures perdues Joseph collait et peignait. Mais je n'avais jamais rien vu de lui, à part mon prénom tagué en bleu sur une toile. Au printemps 2017, j'ai compris qu'il avait du talent puisqu'une galerie a proposé de l'exposer et que cela a fini de le détourner de moi. Il savait à présent qu'il allait quitter le journal pour se consacrer à son art. Une nouvelle vie sans contrainte s'offrait à lui. À fumer des clopes dans son deux-pièces du Marais et à projeter des couleurs sur un chevalet. Quand il est parti en vacances en Croatie, tout était enclenché et il avait mille choses auxquelles penser. Et en rentrant, il ne m'aimait plus.

Je me souviens du déjeuner où je m'en suis rendu compte. C'était en avril 2017. Nous étions quatre à la terrasse d'une pizzeria. Il était en face de moi. Il mangeait sans précaution. Pour faire rire le type à sa droite, il faisait des mimiques qui ne le mettaient pas en valeur. Je me disais : *Eh bien, je crois qu'il pourrait désormais baver devant moi.* Mais *devant moi* n'avait déjà plus de sens à ce stade. Tout avait changé. Joseph ne me regardait plus après chaque phrase prononcée, pour en évaluer l'effet. Il n'y avait plus de fil invisible tiré entre nous au-dessus de la table : juste une odeur de pâte à pizza légèrement brûlée. Quant aux deux journalistes qui nous accompagnaient, ils n'étaient plus les spectateurs de notre petit théâtre amoureux, mais les interlocuteurs privilégiés du mec. C'était terminé. Au retour, j'ai ralenti le pas. Il a fini par s'en aviser. Il a ralenti lui aussi. Les autres se sont perdus devant. Je l'ai poussé à me parler. Il a dit : « Maintenant que j'ai ce projet à terminer, je n'ai plus le temps pour t'aimer. » Et : « Sauve ton cul. »

Sauve ton cul. Mon Dieu ! Panique. Misérable conclusion. Laideur définitive. Vulgarité finale. On en était là ? J'avais entendu ça ? Une fois assise à mon bureau, j'ai écrit ces trois mots partout sur mon agenda. Comment pouvait-il dire ça ? Merde, mais qui dit ça ? J'ai allumé mon ordinateur et j'ai cherché dans Google Books. J'ai trouvé une mention dans un livre de James Ellroy : « J'ai sauvé ton cul de pitoyable fille de riche. J'ai tué l'homme qui avait fait de toi une putain. Je t'ai donné un foyer. » Oui, voilà : en général, on emploie l'expression dans le cadre d'un reproche : *J'ai sauvé ton cul et voilà comment tu me remercies.* Je me souviens que cet après-midi-là j'étais suffisamment perturbée pour commander une soupe de tomate à la machine à café. En riant nerveusement. *Allez, j'essaie la soupe de tomate.* C'était pas beau à voir.

C'est en soufflant sur le liquide rouge pâle, debout au milieu d'un couloir vide, que j'ai pensé à Eugène Onéguine. Le soir, je me suis ruée sur l'édition franco-russe qui a accompagné ma classe de terminale. Comme Joseph, le personnage de Pouchkine est un dandy qui se laisse prendre par une femme pour s'en déprendre l'instant d'après. Son énergie est dépensée à la sauvegarde de son inconsistance.

Votre perfection me désole,
Car j'en suis tout à fait indigne.
Notre mariage (croyez-moi,
Je suis franc) sera un enfer.
Quel que soit mon amour pour vous,
L'habitude en viendra à bout. [...]

Les rêves passent sans retour,
Comme le temps. Mon âme est vieille.
Je vous aime comme une sœur,
Et peut-être plus tendrement.
Écoutez-moi sans vous fâcher.
Une jeune fille souvent
Oublie un rêve, en trouve un autre,
Comme un arbre qui, chaque année,
Perd son feuillage et reverdit.

Passe ton chemin, Tatiana. Mais sans te fâcher ! Et moi, qu'allait-il falloir me faire pour que je me fâche ?

L'anniversaire de Joseph est arrivé et, malgré la tournure qu'avaient prise les événements, j'avais encore envie de le couvrir d'attentions. Tout ce que j'avais prévu était disproportionné. Le nombre de cadeaux, l'intensité. Des amies m'ont conseillé de tout diviser par deux. Mais le matin, avant qu'il arrive au journal, j'ai quand même laissé trop de choses sur son bureau, à commencer par un mot sous enveloppe dont la grandiloquence me fait honte.

*

J'ai un oreiller sur le visage quand Igor entre dans la chambre de notre maison à l'île d'Yeu. Nous sommes au milieu des vacances de la Toussaint 2019. Je ne l'ai pas entendu monter l'escalier. Ces derniers temps, son pas a changé de volume. Son régime a marché. Son ventre n'est plus un empire, à peine une royauté. Il est mince. Contrairement à ce qu'il pense, cela le vieillit. Mais ce n'est pas grave, parce qu'il y a du nouveau. Hier, sur la plage, alors que je n'en avais aucunement l'intention, il m'a demandé de ne surtout pas sucer son téton droit. Cinq minutes après, alors que nous parlions d'autre chose, je l'ai attrapé dans ma bouche. Igor a fait un saut de cabri, éclaté d'un rire de jeune fille et s'en est allé le nettoyer dans la mer. J'ai admiré son avancée jusqu'au rivage : il marche comme un géant dans un livre de Claude Ponti.

En se rallongeant sur sa serviette de bain, il était toujours hilare et il m'a demandé de ne plus jamais recommencer. Il a ajouté que rien ne l'avait jamais autant excité de toute sa vie. Lui et moi n'en avons pas fini. D'autant qu'Igor aime cette île, qui est le seul bout de terre auquel j'aimerais parfois qu'on m'attache. *Ma vraie vie est ici.* La mienne aussi.

*

En mai 2017, nous avons eu la confirmation de son départ définitif du journal. Je dis *nous*, mais l'information n'intéressait que moi. Joseph s'est mis à vider ses tiroirs deux heures par-ci par-là et à ne plus venir que de façon aléatoire. Je devais vérifier, à l'aide de stratagèmes plus ou moins flagrants, s'il était présent ou non à la maquette. Je traînais aux différents carrefours de la rédaction. Comment allais-je faire pour continuer à entrer et sortir de ce bâtiment ? L'immeuble semblait n'avoir plus aucune utilité. Il était aussi vain qu'un ordinateur sans connexion Internet. Je redécouvrais sa matérialité, le lino et les fontaines à eau.

Un soir, alors qu'il me manquait, mais que je ne me sentais plus autorisée à le lui dire, j'ai improvisé un pot à mon bureau. Il était 20 heures. Je suis allée chercher des bières en courant sous une pluie battante, de celles qui font s'arrêter les gens sur les côtés. À mon retour, essoufflée, trempée, j'ai envoyé un mail à dix personnes pour leur dire que je ne savais pas d'où sortait ce pack que j'avais sous les yeux, mais qu'il était bien là, et qu'on pourrait (pourquoi pas) le boire en attendant que ça se calme. Sur les dix personnes contactées, quatre sont arrivées aussitôt. Lui non. Vingt minutes ont passé. Je me suis dit : *Voilà, prise à ton propre piège, tu vas devoir parler boulot avec ces collègues dont tu te fous.* Il a ouvert la porte. J'ai simulé un air décontracté. On était en train de dégoupiller des bouteilles et on s'est mis à parler de rap français. Sujet à propos duquel je n'ai rien à dire. Comme toujours, quand je le regarde en société, j'ai été marquée par sa posture conversationnelle : râler et défendre des théories fumeuses tout en les caricaturant pour s'en distancier. Au bout d'un moment, la soirée tournait en boucle. Les quatre personnes se sont levées. Il a dit : « Allez, je pars avec vous. » J'ai dit : « Ah bah moi je reste un peu, je vais ranger. » Il n'a pas cillé. Je l'ai regardé enfiler son manteau et s'en aller sans se retourner.

La lumière des spots était orange. L'un d'eux grésillait. Il pleuvait encore. Les dix ordinateurs éteints autour de moi me donnaient le sentiment d'être en minorité : ils étaient nombreux et solidaires. J'ai mis les bouteilles vides dans une poubelle. Je suis tombée sur ma chaise, je l'ai fait rouler d'avant en arrière et j'ai attendu qu'il revienne. J'avais dans le cœur ce qu'on pourrait trouver dans celui d'une fillette de dix ans, mettons, qui viendrait de voir son ancienne meilleure amie traverser la cour de récréation bras dessus bras dessous avec la nouvelle élue. Ce genre de solitude. La sensation que quelque chose a basculé de façon irrémédiable dans la perception de l'autre sur soi. D'avoir perdu sa capacité à séduire, comme on perd sa jeunesse.

Cette nuit-là, j'ai rêvé que je dînais avec la famille d'un pianiste qui est une célébrité mondiale et dont le fils voulait vraiment se marier avec moi quand nous étions ensemble à la crèche. Dans le rêve, j'étais sa fiancée. Nous parlions invités et traiteur. Le matin, j'ai cherché la signification du rêve dans ma douche. Puis, en m'habillant, j'ai réalisé que le fils du pianiste porte son prénom. L'évidence, mais il m'avait fallu dix minutes pour la mettre au jour. La nuit suivante, je m'exportais dans les rues de Venise. Au bord du Grand Canal, je tripotais les mains d'un acteur débile aux cheveux touffus. Les mêmes que les siens. Tels sont les aménagements dont le cerveau nocturne est capable pour continuer de faire vivre l'être aimé sans perdre la face.

*

Au même moment, à la maison, tout était triste. Je n'arrivais pas à réinstaller Igor sur le trône du mari. Je préférais de loin son corps, mais je ne m'en souvenais pas. J'étais aveuglée par tout ce que Joseph avait injecté de facile et d'urgent dans ma vie sexuelle. Notamment ce vocabulaire d'adolescent pressé. Les mots *bite, queue, sperme, cuisses* qui gonflaient mon ventre de plaisir. Les salles de réunion vides, plus fortes que le lit conjugal. Mon imaginaire était colonisé. Un dimanche, alors qu'on déjeunait avec nos enfants au restaurant, Igor et moi avons parlé de nos problèmes sexuels. En anglais, je lui ai dit qu'il fallait qu'il me laisse un peu de temps pour revenir à lui. « Arrête un peu, on dirait que tu t'es fait violer par une tribu apache ! » On a eu un fou rire. J'ai ajouté qu'il pourrait lui aussi essayer de me dire des choses concrètes ou même vulgaires pendant nos rapports sexuels. Sur le moment, il a rigolé de cette scène new-yorkaise : les tribulations de l'intello quinqua à lunettes rondes et de sa jeune compagne insatisfaite. Mais c'est cruel de demander à quelqu'un de changer sa personnalité sexuelle, qui est comme le résultat de soi-même après mille calculs. Plus tard, j'ai réalisé qu'il m'en voudrait longtemps de lui avoir suggéré ça.

Le plus triste, c'est qu'en ce temps-là je n'aimais plus ce que j'avais toujours adoré chez lui. Son attention toute tournée vers ses enfants. Son côté mère poule et père canard. Sa façon de dire *poissi poisson* pour poisson, *pouli poula* pour poulet, et de soudain tous nous appeler *loulou* me donnait envie de hurler. Alors que nous nous promenions en forêt et que je l'entendais raconter aux garçons le sacre de Napoléon, j'étais exaspérée. Je marchais devant. Il m'a rattrapée. J'ai dit : « Je crois qu'on ne va pas y arriver. » Ma phrase de série B de l'époque. Comme s'il restait 3 francs dans la boîte à chaussures pour terminer l'hiver. J'étais lasse des leçons d'histoire qui me laissaient seule et muette. Lasse d'être avec un homme qui préfère la compagnie des enfants à celle des adultes parce qu'elle lui est plus dévouée. Lasse de vivre avec un ami, un frère et une mère toute-puissante.

Ce jour de mai, après plusieurs autres *on ne va pas y arriver* lancés telles des roquettes depuis ma chaise longue, Igor m'a dit stop. Cela suffisait. Je lui faisais mal. Est-ce que je pouvais le regarder dans les yeux un instant ? Il était affecté. Il n'en pouvait plus de mon égoïsme. Avoir fait une famille s'accompagnait de quelques responsabilités. On n'envoyait pas valser les gens comme ça. Oui, non, on ne se soumettait plus comme avant aux cycles naturels de l'amour et du désamour. Ou de façon moins totale. On retenait les chevaux. On regardait autour de soi. On ne s'embarquait pas au premier soupir d'un amant. On avait une cervelle. On regardait devant soi ce qu'on avait fabriqué, et comme c'était beau, cela pouvait donner envie d'en prendre soin. C'était comme la construction d'une cathédrale, un couple. C'était la multitude des jours qui faisait sens. Il n'y avait rien d'intéressant et aucune gloire dans le reste. Oui bien sûr, c'était triste que *goûter à mille hommes* ne soit plus au programme de ma vie. Mais quand allais-je m'en remettre – ou partir ? Quand allais-je au moins me taire ? Je jouais avec une menace trop grande. Lui voulait sa bataille des tout-nus (jeter sur le lit les garçons à poil avant leur bain) et aller les sentir dans leur sommeil. Tous les soirs et non pas un soir sur deux. Il en avait les larmes aux yeux.

Peu après cette discussion, Igor a été sujet à des phobies d'impulsion avec nos deux garçons. C'est-à-dire qu'il s'est mis à avoir peur de leur faire du mal quand je n'étais pas avec eux. Il ne supportait plus la vue d'une corde, d'un couteau, d'une scie ou d'un marteau. J'ai eu ça, en sortant de la maternité, quand ils étaient minuscules. Je sais ce que c'est et je l'ai calmé : « Non, tu n'es pas en train de devenir fou et tu n'es pas un assassin non plus. Ce n'est rien. Juste de l'angoisse qui sort par des idées. » Cela l'a amené à retourner voir sa psy et m'a amenée, moi, à me demander quel gouffre j'avais recouvert de ma présence en ne le laissant pas faire son deuil tout seul. Allait-il se rouvrir si on se quittait ? Laissé seul, Igor appellerait tous les soirs sur FaceTime pour dire bonne nuit aux garçons. Ce serait impossible à refuser et ça durerait des heures. Il rappellerait, une heure plus tard, pour les voir endormis. Il n'arriverait pas à trouver le sommeil sans un corps auquel s'accrocher. Alors il me rappellerait encore. Et il remangerait. Il se sentirait abandonné, le dimanche, dans les vestiaires de la piscine : *Je t'ai attendue, comme un con, cabine 61.* Puis, plus de nouvelles. Il se consolerait en revoyant son flirt de toujours, une députée que j'aime bien.

Pour essayer de me faire rire, au téléphone, il me décrirait sa future femme : *La prochaine, elle sera petite et timide et je pourrai la ranger dans un tiroir.* J'en aurais le cœur serré. Mais le pire, c'est qu'il faudrait aussi vivre sans les accueils souples de la nuit : quand j'entre dans notre lit, ses bras s'ouvrent par réflexe, «viens, tu as froid». Sans lui, il n'y aurait plus personne pour me mettre des vitamines dans la bouche. Plus de retraits bizarres sur mon compte en banque et de petits-déjeuners anglais. L'extravagance enfuie avec Igor, il resterait dans les pièces de la maison mon silence breton qui n'a d'avantage que si quelqu'un sait y mettre fin.

Le père de mes enfants est ressorti des séances de psy avec une idée majeure : il ne s'était pas assez mis en colère contre moi. Il m'en voulait à mort de l'avoir trompé. Il me détestait méticuleusement. Ça y est : c'était au moment où la rupture avec Joseph était réellement consommée qu'il se fâchait enfin.

*

Croiser sa psy dans la rue quand on ne l'a pas revue depuis longtemps requiert du sang-froid. Il faut résister à l'envie de s'arrêter et demander des nouvelles. Un psy est un individu dont le mystère consubstantiel doit être préservé. Il faut aussi esquisser un sourire qui laisse entendre que tout va désormais très bien dans sa vie, elle peut dormir tranquille. Mais sans trop forcer. Ce serait le signe d'un déséquilibre, l'assurance qu'elle se dise : *C'est vrai qu'il y avait encore du boulot avec celle-là.* Comme nous habitons la même rue, Madame A. et moi nous croisons régulièrement. Je la repère de loin et prépare un petit sourire chaplinien. Seulement une fois que je l'ai dépassée et qu'elle s'éloigne dans le rétroviseur de ma tête, je me tourne vers Igor et murmure :

— C'était ma psy.

— Où?

— Le manteau rouge derrière nous. Sois discret, mais c'est elle.

— Elle est petite, non ?

À l'heure du départ de Joseph, Madame A., qui n'est pas petite et dont je n'avais pas serré la main depuis des années, a reçu un SMS de détresse. Sa porte était déjà entrouverte quand j'ai atteint son palier. Quelques cheveux dépassaient. Elle a ouvert en grand. Je l'ai saluée sans réussir à soutenir son regard. J'ai avancé dans le couloir. Sur ma gauche, un paravent cachait son salon aux murs bleus. Cinq pas plus loin, toujours à gauche, j'ai tourné machinalement dans son cabinet. Une petite pièce rectangulaire, avec vue sur la tour Eiffel, où traînent de jolis cahiers et des livres sur l'inconscient. C'est ce qu'en analyse on appelle le cadre : un lieu à la fois familier et partiellement inexploité, où l'on peut passer des années à côté d'objets qui n'entrent pas dans les quelques trajectoires visuelles d'une séance classique (probablement comparable à la chambre de Louis XIV pour le gars de Versailles qui la surveille tous les jours).

Il était 17 heures, mais il faisait nuit. Je me suis assise en face d'elle, un peu honteuse. La première fois, lorsqu'elle m'avait aidée, la situation était objectivement compliquée. J'avais agrandi une famille en deuil. C'était important, quasiment d'utilité publique, de nous aider à nous placer les uns par rapport aux autres. Cette fois, j'arrivais avec cette plainte de nourrisson que provoque le rejet amoureux. Des bras m'avaient lâchée. Mordre le fauteuil m'aurait fait du bien. Mais je décrivais des symptômes. Un liquide noir, parti du haut du corps, qui tombait sur mes parois intérieures. Ma tête qui s'était éteinte. Après une rupture, certaines zones du cerveau, qui ont été stimulées par l'excitation amoureuse, vont au-delà de se rendormir. Elles agissent négativement.

Madame A. a attendu que je me calme. La première chose qu'elle m'a dite, et qui m'a fait beaucoup de bien, c'est qu'il était intéressant d'avoir éprouvé, une fois dans sa vie, les limites de la volonté. On ne fait pas toujours ce qu'on décide. J'en avais la preuve sous les yeux, je ne m'en sortais pas. Bien, j'avais au moins gagné ça : de la maturité. Elle a ajouté qu'il était temps d'entendre le refus de Joseph d'aller plus loin avec moi, et d'entrer dans le chagrin amoureux. À terme, j'allais ressentir la jubilation de redevenir libre. À la fin de notre entrevue, elle m'a proposé de lire *Deuil et Mélancolie* de Freud et de démarrer une analyse à la rentrée.

En sortant de cette première séance, je me souviens de m'être fixé des objectifs clairs pour en finir avec Joseph. J'ai ralenti mon rythme de prise de contact. *Ne propose pas de déjeuner avant septembre. Ne réponds pas dans l'heure au mail que tu ne vas pas recevoir.* Dans le bain, avant de dormir, je repassais en boucle les arguments qui semblaient être en mesure de me le faire désaimer. Souvent, je faisais ça sous forme de questions. De jeu-concours. Est-ce que je connaissais quelqu'un dont Joseph s'occupait quotidiennement ? Pour quels motifs, extérieurs à lui-même, s'engageait-il ? S'était-il jamais dit bouleversé par une injustice ? L'avais-je déjà vu prendre des risques ? Lesquels ? Était-ce vivable de côtoyer quelqu'un qui vous renvoie toujours à la figure une double menace : l'intrusion et l'abandon ? Pourquoi l'aimais-je tant alors ?

J'ai acheté *Deuil et Mélancolie* de Freud. En le lisant dans le métro, j'apprenais qu'il est naturel de commencer par résister à la disparition d'un être aimé. On ne peut pas annuler ses attachements sur-le-champ. Sommer son psychisme d'évacuer l'objet perdu et de se réinventer. Dans un deuil non pathologique, «l'épreuve de la réalité» finit toujours par triompher, mais cela demande une grande dépense de temps et d'énergie. Chacun des souvenirs et des espoirs doit être repris et surinvesti avant que la libido puisse finalement se détourner de l'objet.

Bonne élève, je faisais la liste de mes souvenirs et de mes espoirs avec Joseph, et j'essayais de les dénouer manuellement. Je ne faisais plus que ça, en fait. Revivre, ranger. Admettre que c'était derrière moi. *Allez, libido, détache-toi.* Et quand je cornais les pages du livre de Freud, je pensais tour à tour à Igor et sa femme et à Joseph et moi. Je ne pouvais pas m'empêcher de faire un parallèle entre ce que j'avais fait subir à Igor en le trompant et ce qu'il m'avait fait en m'introduisant trop vite dans sa vie. Je trouvais que ce que nous nous étions imposé l'un à l'autre était de même nature. De l'ordre du cours d'une vie bien remplie. Nous sommes des monstres gentils.

Dans l'appartement surchargé de la mère d'Igor, il y a deux photos de son mariage qui ne me font rien parce qu'elles ont l'air de sortir des années cinquante. Les vêtements, les coiffures, tout est d'un autre âge. Je n'ose jamais les regarder de près quand je suis chez elle parce que j'ai peur qu'elle me croie jalouse. Mais je les aperçois de loin et elles me font sourire. Igor a une bouille toute ronde d'adolescent. En revanche, depuis peu, au fond du double salon, près de la table en verre qui a blessé l'un de mes fils lors d'un goûter de famille, ma belle-mère a ajouté une photo qui me fait mal. Igor et sa femme sont assis à une table de restaurant qui n'arrive pas à les séparer. Ils se touchent la main. Ils fêtent le bac de leur fille dont ils sont fiers (il y a de quoi, aucun enfant n'est plus réussi). Sur cette photo, Igor a pour elle l'œil tendre qu'il réserve aux nourrissons quand ils viennent de naître et qu'ils sont de lui. Un regard qu'on dirait fatigué par l'infinie tendresse qui le traverse. Je n'ose plus m'approcher de cette photo parce que, les rares fois où je l'ai fait, j'ai eu envie de m'en aller. Cette image me dit qu'elle est sa femme. C'est d'ailleurs comme ça qu'il l'appelle encore.

*

En juillet 2017, c'est l'heure du départ : Joseph quitte le journal. Le soir de son dernier jour, j'ai reçu un mail dans lequel il déclarait cette année inoubliable : il m'avait aimée énormément et il me garderait en lui. Il espérait que je retrouverais vite la sérénité. Comme il était très mauvais en amitié, ce n'était pas certain qu'il y arrive, mais il promettait aussi qu'il essaierait de me garder un peu dans sa vie. Le mail se terminait par *à bientôt.*

Mon abandon. Avec tous les moyens de communication que propose notre siècle, il n'était pas certain d'arriver à *me garder un peu dans sa vie*. J'étais effondrée. Le premier mois d'absence, il n'a donné aucune nouvelle. Le deuxième mois, toujours rien, j'ai pensé qu'il devait m'en vouloir de quelque chose. J'ai demandé des explications tout en ayant aussitôt envie de les vomir. Je n'en pouvais plus de raisonner, depuis un an, sur la même matière, c'était aussi absurde que de répéter à l'infini le même mot, mais nous sommes convenus de nous expliquer dans le jardin des Tuileries. Le Luxembourg à l'heure où nous constituions notre Google Maps du Tendre, les Tuileries pour la fin. Cette fois, nos chaises n'étaient pas tournées l'une vers l'autre. Nous regardions tous les deux devant nous. Je m'étais aspergée du parfum qui le fait fléchir. J'avais mis un dos-nu absurde. J'attendais les récriminations. Elles sont arrivées. Joseph m'a dit que des histoires *lui restaient en travers de la gorge*. Ah bon. Lesquelles ?

Premièrement, il m'en voulait d'avoir essayé de comprendre son fonctionnement et de lui avoir fait part de certaines de mes réflexions, parfois très justes (flattée un centième de seconde ici), alors que de la place d'ex que j'occupais, je n'en avais plus le droit. Deuxièmement, il m'accusait de lancer des commentaires ironiques sur son couple. De prendre plaisir à leurs difficultés passagères. Un jour, je m'étais moquée d'eux parce qu'ils étaient casaniers. J'avais dit ceci et pensé cela. C'était une scène de ménage. Il a prononcé les mots *méchanceté jubilatoire*. Quoi, quoi, quoi ? Ce jour-là, j'ai enfin compris qu'il y avait une mésentente souterraine entre nous. Le problème était en face de moi. Ce garçon que j'aimais stockait les microdétails ambivalents qui flottaient dans nos échanges. Il s'en servait pour nous séparer. Je découvrais que nous ne vivions jamais les mêmes conversations. Qu'on ne pouvait jamais être sûr de rien et que ce qu'il m'offrait était en réalité un espace où la parole était minée. Est-ce pour ça que je refaisais cent fois nos échanges dans ma tête comme s'ils recelaient tous une charge traumatique ?

À la fin de ma deuxième canette de Coca light, Joseph a ajouté qu'il n'était plus amoureux de moi et qu'avec tout le boulot qu'il allait avoir, trois commandes venaient justement d'arriver sur sa messagerie, il n'aurait aucun temps à consacrer à de l'amitié. Une ancre de bateau s'est coincée dans mon œsophage. J'ai durci mon visage pour le rendre inexpressif. Par miracle, j'ai réussi à ne pas pleurer. Je sais que Joseph le tolère mal. Ma tristesse l'encercle et elle lui donne envie de hurler : *Je ne suis pas ton bourreau.* J'ai répondu qu'il avait tardé à m'avouer que nous ne partagions plus le même état. Qu'il m'avait maintenue en tension avant de me laisser convulser sous ses yeux sans rien dire.

« C'est vrai, tu étais comme une souffrante dont je devais m'occuper et en tant qu'ancien amant ce n'était pas mon rôle. J'ai beau avoir continué de t'aimer, je n'ai jamais changé d'avis sur notre séparation. »

À la fin, il a regretté qu'on ait encore passé un moment plus ou moins désagréable, au lieu de rigoler comme nous savions aussi le faire. À l'entrée du métro, j'ai dit adieu en souriant. Comme lui, un an plus tôt, devant une station de métro du sud de Paris. Une partie de moi était soulagée. Depuis six mois, je m'ébrouais contre une planche morte.

*

Le monde se divise entre ceux qui partent et ceux qui restent. En cette rentrée 2017, l'année scolaire a démarré dans l'immeuble vidé de lui. Septembre. J'y pensais cent quarante-cinq minutes par jour. Deux à cinq fois par heure. C'était ma première image du matin. Quand je marchais dans la rue, j'imaginais qu'il me regardait marcher dans la rue. Quand je repassais devant certains endroits où nous nous étions arrêtés, même une seconde, pour nous embrasser ou pour autre chose, j'étais assaillie par une série de flashs. Quand, après ma douche, je me retrouvais nue devant un miroir, que la lumière était bonne et que je trouvais ça joli, je me retenais de prendre une photo pour la lui envoyer. Je résistais, mais le deuil avançait trop doucement. Tout était rendu plus difficile par le fait que mon espace de travail était saturé de souvenirs et qu'il pouvait passer à l'improviste pour dire bonjour aux autres. Il le faisait de temps en temps. Sans venir me voir. Je le découvrais après.

Je ne proposais pas plus d'une interaction réelle par mois. Un déjeuner, une bière. Pour le reste, pas plus d'un SMS toutes les deux semaines. J'écrivais quand le besoin se révélait impossible à étouffer. Un truc sans intérêt prenait alors, dans ma tête, l'aspect d'un excellent prétexte. Je fabriquais des opportunités. Je lui envoyais la photo d'une assemblée générale, le résultat d'un vote, la recension d'un bruit de couloir. J'étais son courrier syndical à défaut d'être autre chose. Au fond, j'offrais une disponibilité sans limites. Comme une veuve de guerre gâteuse ouvre toutes les fenêtres de sa maison pour que le fantôme de son mari puisse revenir. La plupart du temps, Joseph laissait l'échange en l'air. Il ne me faisait jamais l'honneur de le refermer de façon sécurisante. Quand les jours se sont raccourcis, je réalisais certains soirs que la nuit était tombée sans que j'aie pensé à lui. Mais c'était encore y penser.

Au bout d'un moment, Joseph n'a plus occupé mes pensées conscientes, mais c'était peut-être pire, il avait pris place en mon for intérieur. Il était devenu un point fixe de ma préconscience. Comme une course à faire avant les vacances qui pianote à l'orée de l'esprit. Mais très légèrement : le battement d'un doigt sur une télécommande. Et puis, un événement est venu heurter ma convalescence.

En novembre 2017, Joseph, qui venait de vendre une série de toiles sobrement baptisée *Carrés rouges*, m'a annoncé qu'il allait acheter un atelier à un kilomètre de chez moi. Aucune inquiétude à avoir. Sans s'avouer ce qu'il était en train de faire, il avait parcouru le trajet à pied entre sa pièce et mon appartement : la distance de sécurité n'était pas ridicule, on ne se croiserait pas tous les dimanches. J'ai pensé : *Oui, mais maintenant ça va aussi tapoter le week-end.* C'est vrai, mais ça n'était pas le pire. Le pire, c'est qu'à partir de ce moment-là je n'ai plus jamais su si j'allais au square près de son lieu de travail parce que j'aimais l'endroit ou parce que j'augmentais mes chances de le croiser. Avant qu'il investisse mon quartier, j'adorais ce square, j'y allais souvent. Alors pourquoi me sentais-je désormais coupable chaque fois que je me dirigeais par là-bas ? Mes décisions de trajets ont perdu à jamais leur pureté. Et cela m'embête de le dire, mais je vois bien que je ne fous plus les pieds à l'autre square, que j'aimais bien lui aussi, et qui est à l'exact opposé de chez Joseph.

*

J'ai renoué avec Igor par à-coups. Je pense ici à un déjeuner ensoleillé sur la grand-place d'Arras.

Il avance un article devant un steak grillé, sa tête est à moitié cachée par son ordinateur, mais je le trouve beau et hirsute, et ce qu'il écrit me plaît. Nous commandons du vin chaud, et le beffroi nous protège. Ou à des vacances, près du château de Chambord. À l'intérieur d'un resto chinois multistand (grillade, wok, sushis), nous avons notre plus gros fou rire familial à ce jour. Je n'ai pas pris, comme les deux grands enfants d'Igor, le buffet à volonté à 18 euros. Pour cette raison, deux serveurs – un homme et une femme – vérifient que je ne pioche pas dans les assiettes voisines. Ils sont cachés derrière des plantes. J'ai visiblement la gueule typique de la fille qui détourne les menus illimités. Je joue avec ma fourchette pour voir jusqu'où ça va. Je la plante dans un ravioli. Ils bondissent sur moi et m'arrachent les couverts des mains.

Pendant ce temps, Joseph a disparu dans son succès. De notable, une seule dispute par mail, justement due à cette absence de signe de vie. Rien. Je me suis énervée. Il s'est énervé en retour. Je devais comprendre qu'il n'avait d'échange écrit avec personne. Il insistait : *Personne.* L'écrit, c'était torve, de la fausse parole. C'étaient du style et des tournures. Il devait réfléchir des heures pour chaque phrase. Exemple : là, dans la phrase qui précédait, que fallait-il faire de la connotation désagréable du verbe *devoir* ? Il hésitait à le retirer. Voilà, cela lui demandait du temps et de la concentration, et il n'avait pas que ça à faire.

Certes, mais si l'histoire ne s'est pas arrêtée là, c'est parce que le grand rejet a cessé. Au début de l'année 2018, peut-être à cause d'une panne d'inspiration ou d'un moins bien dans son couple, il est revenu traîner au journal. Environ une fois par semaine, on pouvait l'apercevoir à la terrasse de la mauvaise boulangerie. Celle de nos débuts. Et surtout, problème : il dégageait de nouveau, devant moi, des bouffées d'envie. C'était un relâchement complet après des mois de négation. J'arrivais pour le saluer. Il se levait. De la fumée sortait de ses oreilles. Ses joues prenaient la couleur du Code civil. Sa bouche partait vers la droite. J'entendais des bruits de gorge.

Quelques semaines plus tard, c'est monté en intensité : sont arrivées les déclarations de désir persistant. Comme en cette fin de journée, dans le bureau vide du journaliste immobilier (jamais là, lui). Joseph m'a dit qu'il n'arrivait pas à changer de cible érotique : « J'ai essayé, mais je reviens sans cesse à toi. » Il remplissait toujours, un an après notre *rupture*, de nombreuses pages Word de scénarios sexuels me mettant en scène. Il pensait aussi qu'il y avait entre nous quelque chose de magique : que nos rêveries érotiques étaient synchronisées. Ce n'était pas vrai. À cette époque, pour ma part, j'étais bien rétablie sexuellement. Mais j'ai proposé qu'on s'embrasse.

— Non. C'est interdit.

— C'est interdit par qui, Joseph ?

— Par la Bible, pour commencer.

Malheureusement, il a suffi de trois mots à connotation sexuelle pour que je sois en partie reprise. Le soir, je retrouvais l'état de pilotage automatique des débuts de la passion. Flotter au-dessus de ma famille. Vouloir m'isoler pour ne plus penser qu'à ça. Répondre *bonne idée* à tout. Par la suite, les confessions de ce type, émoustillantes, physiques, se multipliant, j'ai réussi à les maintenir plus à distance. Mais sans jamais parvenir à m'en défendre tout à fait. Cela se passait ainsi : je voyais Joseph bourdonner autour de moi, je proposais de faire quelque chose de toute cette énergie sexuelle, il refusait tout en esquissant un mouvement bizarre du bassin, je repartais faire ma vie plus ou moins préoccupée les jours d'après. Un soir, nous étions dans la rue. Alors qu'il ne quittait pas le sol des yeux, j'ai fini par demander : « Mais tu veux quoi, Joseph ? Qu'on retourne à l'hôtel ? Maintenant ? Dis-le-moi, qu'on en finisse ! » Comme s'il avait reçu un coup dans le ventre, il s'est plié en deux de désir. Il a posé ses mains à plat sur le mur devant nous : « Je veux que ça se reproduise. » Puis : « J'ai envie d'être en toi, mais c'est très risqué, strictement interdit, pas du tout le bon moment. » Pourquoi risqué ? « Parce que nous n'allons plus pouvoir nous arrêter. »

Nous sommes restés plusieurs mois dans cet entre-deux-eaux qui m'évoque ma conduite automobile : un coup de frein permanent sur trop d'accélération. Il suffisait qu'on passe plus de trente minutes ensemble, que je sois gaie et que je ne lui fasse aucun reproche, pour que le manège s'enclenche. Il se mettait à m'admirer *comme un tableau de William Turner.* Il souriait quand je raisonnais bien. Il se lançait dans un monologue drôle sur la modernité. Il disait : « On est à deux doigts de retomber amoureux l'un de l'autre. » Puis, les yeux embués, il me faisait savoir que sa poitrine s'était remise à chauffer et son sexe à durcir : « Je ne peux pas te voir sans avoir envie de te pénétrer. » Il était d'autant plus explicite et aventureux qu'il savait qu'il serait loin le lendemain – vacances ou expo à l'étranger. Dans ce contexte de départ imminent, deux fois, il m'a traînée dans un hall d'immeuble. Ses mains de nouveau partout et entre mes cuisses. Sa lèvre gonflée pulsant à la hauteur de mon nez. Une poussée de désir pouvait aussi survenir parce qu'il était mis devant une chemise transparente, des collants ou une nouvelle coupe de cheveux. Je les portais maintenant très court, c'était aussi con que ça, mais il était submergé d'émotion. Immobile et rouge au milieu d'un passage commerçant. La tête chaude. Autour de nous, les gens s'arrêtaient pour regarder la scène de comédie romantique.

« Tu sais, depuis que je t'ai dit que je n'étais plus amoureux de toi au jardin des Tuileries, je suis retombé amoureux de toi cent fois. Ou, pour le dire autrement, je n'ai jamais été certain de ne plus l'être. Nous sommes amoureux-zombies, c'est notre statut jusqu'à nouvel ordre. »

L'histoire était donc finie, mais j'occupais, au début de l'année 2018, une place de possible-interdit que je trouvais visqueuse, construite sur la base de son désir et de mon entêtement. Comment, au demeurant, faisions-nous durer cette chose ? Pour y avoir beaucoup réfléchi, je pense que, de mon côté, le problème était que je mettais au même niveau toutes les informations qui m'arrivaient de Joseph. L'aimantation et son refus. Mon système de décryptage était brouillé. Je ne savais plus où était la vérité. Une émotion annulait l'autre. J'avais perdu mon esprit de synthèse. Ne pas savoir me retenait. Du côté de Joseph, il était question du maintien d'un équilibre interne. Dans *Le Travail du négatif*, André Green, encore lui, décrit parfaitement les personnes qui, comme Joseph, fonctionnent selon le principe de non-déplaisir (c'est ce qui guide leur vie). Tandis qu'il faut se méfier du plaisir. Résister à l'accomplissement des pulsions. Bloquer les tentations qui cognent contre les parois de son corps. *C'est interdit.*

Dans *Match Point* de Woody Allen, Chris Wilton, le prof de tennis, a un corps plus solide que mon ancien amant. Pour être honnête, je n'ai pas non plus celui de Scarlett Johansson. Ou alors passé dans une machine industrielle : je suis un grand rectangle. Mais ces différences mises à part, le tennisman est assailli, comme Joseph, par une passion charnelle qui menace le cours de sa vie. Ce qu'il ressent pour Nola-Scarlett est violent et non délibéré. La fille devient une sorte de démon. Il l'élimine à bout portant. Mieux vaut Joseph, qui ne m'éliminait que dans sa tête et tenait beaucoup à moi, mine de rien. On m'a posé la question, mais je n'ai jamais décelé chez lui de perversion consciente. Je le croyais quand il me disait qu'il essayait de me protéger de notre malheur.

*

Devenu père de jumeaux, Joseph faisait des circonvolutions pour ne jamais prononcer leurs prénoms devant moi. Mais un jour, sans prévenir, il les a amenés avec lui au journal. L'information m'est parvenue trop tard et je n'ai pas eu le temps de m'en aller. Je me suis retrouvée, au milieu d'un groupe de vieilles journalistes, à devoir m'extasier sur leur ressemblance pas si criante. L'un d'eux a pris mon stylo Bic et il a fait ses dents dessus.

Et à force de partager le même quartier, j'ai fini par les croiser en couple. Un samedi après-midi, ils sortaient d'un restaurant. J'étais sur le trottoir d'en face, mais je les ai vus tout de suite. J'étais mal habillée : avec un vieux pull qui ne fonctionne qu'à la campagne. Une frange trop longue. Pas suffisamment en forme pour affronter leur belle unité. J'ai posé mon regard à l'horizon et marché plus vite, mais Joseph m'a hélée. J'ai traversé la rue en souriant. Après un silence, sa compagne s'est mise à me parler des généralistes du quartier. Je n'arrivais pas à dire un seul truc intelligent. Sans en avoir conscience, j'ai fait basculer la conversation de la médecine générale à la rééducation périnéale. Elle m'a regardée bizarrement, mais j'étais lancée et je ne pouvais plus m'arrêter. Je m'entendais répéter les mots *électrostimulation, sonde vaginale* et *contractions du périnée.* Joseph n'en revenait pas. D'une voix suraiguë, j'ai encore dit deux absurdités sur l'épisiotomie et j'ai filé sans donner de raison.

Je suis rentrée dans un appartement vide. Igor était à la campagne avec les garçons. J'ai préparé du café et me suis allongée sur le canapé comme s'il s'agissait de me reposer un peu, alors qu'en moi de petites lames crevaient tout sur leur passage. Cette rencontre m'avait rappelé qu'une compagne existait, tenait sa place et m'avait été préférée. Elle le regardait manger et se laver. Elle pouvait, au réveil, tendre son bras vers le ciel et le faire retomber sur Joseph. Le regarder choisir un livre debout, alors que je ne connaissais son dos qu'en partance. Pour calmer mes frissons, j'ai essayé de dresser une liste de mes qualités, mais je portais sur moi un regard ennemi. J'étais la fille dont il ne voulait pas.

Au bout de deux heures passées sur le canapé, je n'étais plus qu'un brouillon de moi-même. Recroquevillée dans un coin, je regardais les murs de mon appartement en pensant qu'ils allaient me survivre mille fois. J'étais si insignifiante que des cloisons me dominaient historiquement. La peur revenait. La peur d'abandonner, d'être submergée par ma propre banalité. J'étais comme les personnages de Richard Yates quand ils sont forcés d'admettre qu'ils ne sont pas des héros. Il allait falloir pédaler, sans passion. Les années allaient filer, mes dents et mes cheveux s'abîmer. Mes idées se solidifier. Les possibilités de se révolter ou simplement de bifurquer s'amenuiser. Au moment où les bruits de soirée se sont élevés dans la rue, j'ai pensé que tout ça n'était pas si grave puisqu'à la fin, sous le rose marbré, toutes les vies se valent.

Voilà donc où j'en étais au printemps 2018 : je pouvais encore être frappée de paralysie et de tristesse. Au journal, deux amies m'aidaient à maintenir le cap de la dignité. « Pouvez-vous me rappeler pourquoi je ne dois pas lui écrire ? » Elles le faisaient. En salle de réunion, elles m'écoutaient une nouvelle fois parler de lui. La première était dans le réconfort : « Il s'est protégé, mais il t'aime. » La seconde ravivait ma colère, posait des questions orientées pour me faire réaliser la nécessité de lâcher et trouvait de bonnes images : « Il est un gros couteau pointu qui gigote en toi, dont tu ne sais pas s'il va ou non se laisser attraper par le manche. » Mais j'avais beau être éclairée, dès qu'elle avait le dos tourné, j'agissais comme une enfant. *J'ai fait un mail.* Elle ne s'en offusquait pas. *Y a rien d'autre que le temps pour sortir de la passion, entendre des choses renforce seulement la volonté politique de s'en sortir.* Un jour, après avoir envoyé le message de trop, j'ai pensé : et si tu essayais de ne plus être l'enfant sur la plage qui relance toujours la balle ? Alors je me suis baladée, plusieurs jours, plusieurs semaines, avec une balle métaphorique dans les bras. Je n'ai donné aucun signe de vie. Lui : *Tu es fâchée ?* Moi : *Non. Mais j'ai changé notre mode de relation*.

Le changement, c'est ce dont Joseph ne voulait pas entendre parler. Ma présence dans sa tête était son affaire. C'était assez agréable et il ne comprenait pas qu'il puisse en être autrement pour moi. *Mets ta main entre les cuisses et endors-toi en pensant à moi.* Quand il parlait de nous, il invoquait la notion de wuwei : le concept taoïste qui prône le laisser-faire de l'ordre cosmique. Il se référait à Lao Tseu : « On peut pas changer notre relation, elle est telle qu'elle est. » Je répliquais, sans conviction, avec Walter Benjamin : « Que les choses continuent comme avant : voilà la catastrophe. »

Je ne rigolais pas. Je voulais nous achever.

L'ENVOL

La rue Charles-François-Dupuis, près de la place de la République, porte le nom d'un astronome mort en 1809, repéré enfant pour ses talents en géométrie : il calculait les hauteurs des tours à l'œil nu. C'est au coin de cette rue, dont il aurait pu estimer la longueur, dans un café bobo avec des plaids disposés sur les chaises, que j'ai rencontré à la rentrée 2019 un comédien en pleine ascension : si, à cette époque, il jouait son spectacle dans une salle minuscule, quelques mois plus tard il remplirait le Zénith du Mans. Ce jour-là, nous devions scénariser sa prise de parole dans une conférence organisée par mon journal. Il était en retard. Je l'ai vu arriver de loin et, comme rien n'est plus gênant que de regarder quelqu'un cheminer jusqu'à soi, j'ai pris un air pensif. Louis avait la tête rentrée dans la capuche d'un pull Levi's, ce qui est une manie. De loin, il ne provoquait rien de particulier : il n'est ni grand, ni costaud, ni rien. Mais de près, il avait un très joli visage et des cheveux poivrés. Je me suis dit : *Ça doit être une gravure de mode dans l'eau, quand tout ruisselle.*

Peut-être à cause de cette image, qui ne me quittait pas, de lui recouvert de gouttes d'eau, nous n'avons pas du tout parlé de travail, ce matin-là. Nous enchaînions les cafés en bavardant de choses personnelles. Il est un peu plus jeune que moi. N'a pas d'enfant. Vit la nuit. Travaille dans sa cuisine. Porte du blanc, du gris et du noir. Regarde beaucoup de séries américaines. Je n'en connais aucune. J'ai raconté ma vie : Igor, mes enfants, mon N+1 qui mélange le management et l'affect, la disparition des journaux papier. Il roulait des cigarettes pour nous deux et posait un tas de questions. Alors que j'y répondais, il hochait la tête à s'en froisser la nuque. Il agrémentait. Relançait. On réfléchissait ensemble. Nos circuits de pensée se mélangeaient. C'était comme s'il essayait de nous faire pondre le meilleur exposé de notre vie. Jamais vécu ça, de façon aussi prononcée, avec personne. Une nuance de parole particulière. Cela m'évoque un peu les conversations nocturnes d'adolescents. Moi, au téléphone, je n'arrive jamais à me relaxer, donc je n'ai pas connu ça, mais j'ai vu faire mon amie d'enfance. Allongée sur son lit. Rallumant toujours le même pétard.

Donc, chaque fois qu'un chapitre se fermait, on en ouvrait un autre et à un moment Louis, qui était prof de maths il y a encore trois ans, m'a expliqué la manière dont la comédie avait changé sa vie. On a discuté d'Erving Goffman, sociologue américain des interactions sociales qui fait du stand-up sans le savoir quand il décrit le malaise que l'on ressent à l'idée de s'éloigner de son voisin de strapontin après que le métro s'est vidé. Comme je me sentais en confiance, je lui ai parlé de ma passion pour l'art vidéo. Souvent ridiculisée et impossible à concilier avec la maternité.

— Mais, en fait, mes enfants sont plus grands maintenant, c'est certainement une histoire que je me raconte. Un manque de courage.

Louis m'a demandé si mon compagnon arrivait à trouver du temps pour lui. J'ai dit :

— Ah ça oui, évidemment. Depuis qu'on est ensemble, il a écrit plusieurs livres et mené une campagne municipale sur le thème de la propreté des rues. Tous les samedis à l'aube, il s'en allait à travers l'arrondissement prendre des photos de traînées de pisse qu'il postait, avec hardiesse et beaucoup de succès, sur les réseaux sociaux.

J'ai ajouté qu'à cette période j'avais assuré : passé des journées entières à me morfondre dans différents squares glacés.

Louis n'a pas ri. Il avait arrêté de rouler sa cigarette et il m'observait. J'avais déjà compris, à ce stade, que le garçon avait une lecture du monde très différente de la mienne. Qu'il se nourrissait, en gros, de féminisme comme je me nourris de psychopathologie. Qu'il était militant et réfléchissait en termes d'action et de changement. Et donc, ce qui devait arriver est arrivé. Louis a brusquement reposé sa tasse de café sur la table. Le décor de rivière pseudo-érotique que j'avais construit dans ma tête s'est effondré. Le *bliss* conversationnel s'est interrompu. Les files de voitures, à côté de nous, ont fait leur retour dans le cadre. Il s'est exclamé : « Mais il faut que tu te battes ! » Je ne pouvais pas laisser s'installer, dans mon couple, un déséquilibre d'espace créatif et intellectuel en ma défaveur. Je devais lutter pour moi et pour les autres femmes : « Débrouille-toi pour pousser les murs. » J'ai éprouvé, à cet instant, toutes les lacunes de mon enfance apolitique dans les Hauts-de-Seine. Et j'ai ressenti l'urgence de faire une vidéo allégorique, loufoque, absurde et vaguement artistique, pour marquer la fin de ma relation avec Joseph.

Au moment de nous dire au revoir, nous nous tenions debout devant mon vélo électrique au siège enfant jaune fluo. Endroit où j'aime manifestement attirer les gens pour moi magnifiques. En décrochant mon antivol, j'ai dit : « Tu sais, grâce à toi, je vais clore un dossier personnel. » Puis : « Je suis désolée de te balancer ça comme ça, j'ai conscience que c'est intense. »

Pas du tout décontenancé, Louis m'a répondu qu'il était prêt à m'aider pour la vidéo et qu'il n'avait certainement été qu'un *maillon de la chaîne.* C'est vrai, le dernier.

*

Parmi les protagonistes du passage à l'acte, nommons d'abord Madame A. qui, quelque temps avant ma rencontre avec Louis, avait caressé l'idée que nous allions, dans un avenir proche, commencer, peut-être, à penser, un tout petit peu, à la fin de mon analyse. Cela a été dit avec ce degré de précaution, mais cela faisait deux ans et demi que je la voyais deux fois par semaine, depuis le départ de Joseph du journal, je l'aimais autant qu'il est possible d'aimer quelqu'un en position horizontale, et je ne m'y attendais pas du tout. J'ai laissé passer un silence et j'ai enchaîné sur autre chose, pas encore prête à parler de notre séparation :

— Et donc, dans le rêve bizarre de la nuit dernière, il y avait cette dame chinoise qui n'était autre que moi déguisée en ma mère. On retrouve, comme dans la séance précédente, le thème du déguisement et de la confusion des identités.

Ma psy n'a jamais employé le mot, mais je sais en quoi consiste la sublimation. L'idée freudienne, c'est que l'objet de la pulsion sexuelle se dissout dans une exploration créatrice. La libido est déviée vers une activité socialement valorisante. L'objet, possédé autrement. C'est une conséquence possible et plutôt souhaitable de l'analyse. Et justement, deux jours avant de rencontrer Louis et de me lancer dans ce projet de vidéo, ma psy m'avait secouée de façon inédite. Combien de fois peut-on entendre la même personne se plaindre de la même chose ?

— Il dit oui au désir mais non pour le reste qu'il appelle destruction dans sa tête. Vous n'allez quand même pas risquer de perdre Igor pour quelqu'un qui vous dit non, si ? Vous pouvez faire la coquette, mais pour le reste c'est non. Vous le décidez dans votre tête : c'est fini et c'est non.

À la fin de la séance, elle m'avait tapé dans la main. Ce qui déclenche chez moi une grande envie de faire plaisir.

Parmi les inspirateurs de l'acte terminatif, mentionnons enfin cette grande actrice, star des années quatre-vingt et rencontrée à l'occasion d'un dossier pour le journal sur la correspondance amoureuse. C'était dans le même café bobo que Louis, une semaine avant. J'avais pensé à elle parce que je l'aimais et qu'étudiante j'avais été marquée par un livre dans lequel on pouvait lire les dizaines de lettres qu'elle avait adressées à l'homme de sa vie. Un réalisateur plus âgé qu'elle. Cette histoire d'amour me rappelait mon couple avec Igor même s'il s'en dégageait une autre ambiance. Son compagnon était gigantesque et alsacien. Le mien est petit et russe. Sa relation avait été maintenue, toute la vie, à un très haut niveau d'exigence, alors que mon couple assume son caractère primitif. Chez eux, l'amour était resté courtois et immaculé : des formules sophistiquées, des films intelligents, des appartements séparés et le vouvoiement à toute épreuve. Un amour à la Sartre et Beauvoir qui avait survécu aux liaisons parallèles. Igor hurle mon prénom dans les allées du Leclerc de Levallois et peut me lancer des trucs comme *pas belle !* ou *mal foutue !* quand on se croise dans le couloir de l'appartement. Lors d'une dispute récente, parce que je refusais d'aller discuter dans notre chambre et que, pour le signifier, je m'étais assise dans la cuisine et lui donnais des coups de pied, il m'y a traînée par les jambes comme dans une planche de BD sur les couples préhistoriques.

Le jour de la rencontre avec l'actrice, j'étais extrêmement impressionnée. J'avais revu tous ses films. J'étais très en avance et mon ventre était serré. Au bout d'un long moment, je l'ai vue entrer à l'intérieur du café, tout en noir et moins grande que je ne le pensais. Elle a aussitôt demandé à changer de place pour échapper au bruit ambiant. J'ai pris toutes mes affaires et je l'ai devancée, comme une femme de chambre. Tout au fond, sur une banquette isolée, elle était contente. Pendant deux heures, nous avons parlé de son élégante correspondance amoureuse. Puis, mon curseur d'intimité étant mal réglé aussi dans le cadre professionnel, je lui ai raconté la passion que j'avais mis du temps à bazarder. J'ai ressorti l'histoire du chien abandonné.

Elle a tout compris.

— Oui, bien sûr, c'est comme un chien qu'on laisse sur l'autoroute, c'est la chair qui ne comprend pas. C'est fou, une fille. La chair est lente à reprendre sa forme, les hommes ne se rendent pas compte. La femme donne toujours plus. Il aurait dû se retirer à reculons. Laisser le temps que la chair comprenne. Être lâchée du jour au lendemain, comme vous l'avez été, cela s'appelle un abus de pouvoir ! Vous devez y mettre une forme, signifier que c'est fini pour vous. Poser un acte. C'est parce qu'il n'y a rien eu que vous en parlez encore. Il faut boucler, clôturer, cautériser. Il faut trouver les mots ou l'action qui vous l'auront fait quitter. C'est puissant de reprendre votre autonomie d'être humain qui a été lâché. Votre dignité. Quand bien même vous n'écririez qu'une phrase, *Je te signifie par la présente…*, il faut l'écrire et lui envoyer par recommandé.

Je trouvais ça intéressant, mais je ne pouvais pas m'empêcher de rire intérieurement en imaginant le visage crispé de Joseph au comptoir de la poste. *Je te signifie par la présente que je suis fâchée contre toi pour la vie.* J'avais des éclats de rire dans la gorge, mais j'essayais de les contenir parce que l'actrice était intelligente, sérieuse, et qu'elle me donnait d'autres conseils.

— Il faudrait lui dire des gros mots quand vous le rencontrez dans le couloir. Il vous a pénétrée psychiquement puis il est reparti. C'est une occupation d'ennemi. Il a fait ses griffes sur vous. Trouvez la force de vous mettre en colère ! Finalement, c'est vous qui le quitterez.

C'était de loin la meilleure conversation que j'avais jamais eue sur cette histoire. J'aurais aimé qu'elle dure des heures, mais je devais faire mon travail et nous avons reparlé d'elle. Par chance, cinq thés noirs et un cours particulier sur la respiration du petit chien plus tard (particulièrement humiliant en public, mais je n'ai pas osé dire non), elle est revenue d'elle-même à mon problème.

— Il faudrait, au moins quelques secondes par jour, regarder les choses du haut de l'éternité. Mentalement, mettez-vous en avion. D'en haut, on voit mieux les gens qui nous font souffrir. Changez de chemin, faites-en quelque chose, c'est votre matière de vie, c'est de ça que l'art se nourrit. Il faut que ça fermente et que ça pétrifie avant que ça sorte. Je pense que c'est le moment pour vous. Ce que vous avez connu, c'est un plus, parce que vous vous souviendrez de ces états qu'on peut atteindre. Mais surtout il vous appartient de transformer ça en enseignement. Dites-vous que vous vous êtes offert ça, comme on s'offre La Tour d'Argent.

*

Madame A., l'actrice admirée, Louis, ces trois rencontres ont concouru à la naissance du plan bizarre et libérateur. Mais il ne faut pas sous-estimer la responsabilité de Joseph. Non sans ironie, il est la première personne à m'avoir soufflé l'idée d'aller artistiquement transcender notre affaire. C'était juste après le déjeuner du désamour à la pizzeria. Il a dit : « Au fait, tu vas quand même pas faire de tout ça une vidéo extravagante ? Je ne t'en empêcherai pas, j'aime bien ce que tu fais, mais je ne te cache pas que je ne préférerais pas. » Quand il a émis cette idée, juste après m'avoir balancé le *sauve ton cul*, je n'ai pas du tout compris de quoi il parlait. Je souffrais tellement qu'il m'était impossible de penser en faire quelque chose. Par ailleurs, mon unique idée était de le récupérer. Depuis, j'ai lu quelque part que la meilleure position pour s'emparer d'un sujet, c'est d'être à la fois à l'intérieur et à l'extérieur. Ça doit être vrai : il y a une position idéale. La pensée est encore suffisamment stimulée par ce qui est arrivé, mais un détachement a eu lieu. On peut se réapproprier les faits.

En ce qui concerne Joseph, cela a fini par arriver : une distance s'est définitivement installée à partir de l'automne 2018. Les circonstances ont aidé : devenu un artiste à la mode, il passait son temps à voyager. On ne le voyait plus jamais au journal. Pour ne plus avoir de nouvelles de lui, il suffisait de ne pas ouvrir de magazines culturels, ce qui est facile. L'absence s'est muée en oubli. Au bout d'un long moment sans aucun contact, Joseph n'a plus occupé qu'une parcelle minuscule et froide de mon paysage mental. Même l'idée de conserver une amitié avait disparu. J'avais fini par ressentir une grande lassitude devant son absence générale de prodigalité. *Globalement, dans tous les domaines de la vie, je ne suis pas un proposeur.* J'avais fini par me lasser de sa façon de ne répondre qu'à un message sur trois.

Et puis, au mois de novembre 2018, il y eut l'ultime contrariété des Arcs. J'étais partie en reportage sur les traces d'un cycliste mort parce qu'un chasseur l'avait pris pour un sanglier. Ce soir-là, quand je suis arrivée en gare de Bourg-Saint-Maurice, il était 21 heures. J'étais seule au pied des montagnes. Devant moi tombait un rideau de neige. Dans le ciel, des courants de brouillard bougeaient comme au-dessus d'une casserole qui fume. L'hôtel que j'avais réservé était à trois kilomètres de là. Il n'y avait aucun mouvement sur l'esplanade de la gare : juste le battement d'un sac plastique. J'ai googlé les numéros des taxis du coin, pris ma meilleure petite voix pour les convaincre de venir me chercher, mais ils avaient tous fini leur service. Mes baskets étaient trempées. Je me suis dirigée vers le café d'en face, qui était encore allumé et qui avait aussi l'air de proposer des chambres.

La fille du patron, qui se fichait de mes problèmes comme de l'an quarante, m'a lancé qu'elles étaient toutes réquisitionnées par la mairie pour loger des migrants. Et puis, rien d'autre. Elle testait des micros pour un karaoké. J'ai pensé : *Quitte à être dans la merde, chante.* J'ai entonné avec elle plusieurs titres d'Elton John. Au bout de trois, la fille a commencé à me considérer. Au cinquième, on était amies. C'est comme ça que j'ai mesuré l'importance que le karaoké peut prendre dans une vie. Son mec et elle s'étaient rencontrés sur un site qui propose de faire connaissance en chanson. Sur son ordinateur portable, elle m'a montré leur interprétation commune de *Je l'aime à mourir* de Francis Cabrel (en synchro parfaite de Bourg-Saint-Maurice et de Paris). Après un trimestre passé comme ça, le gars a voulu devenir plus que la partie droite de son écran. Il est venu jusqu'ici chanter à son oreille. Ce n'est pas facile tous les jours : il bosse dans une usine de pièces détachées et il fait plus froid qu'à la capitale. Mais ça tient. À minuit, elle a finalement proposé de me conduire à mon hôtel et de revenir me chercher le lendemain pour que je ne rate pas mon bus pour les stations de ski. (La proposition était tellement généreuse que je m'en suis méfiée : je l'ai doublée, plus tard, d'un taxi réservé par l'hôtel et me suis endormie avec l'angoisse que les deux voitures arrivent en même temps.)

Ivre d'alcool et de la chanson *Sacrifice* d'Elton John, je suis donc arrivée à minuit dans cet établissement deux étoiles de Bourg-Saint-Maurice. Le sol du couloir était en caillebotis caoutchouc, ce qui m'a rappelé les pires heures de l'école de ski. La chambre était triste. J'ai pensé que ça devait être à cause de ce dégradé de marron, emprisonnant à l'excès (couverture, sol, murs, meubles, draps). J'ai éteint la lumière principale. Je n'ai pas pris de douche, j'ai enfilé un jogging et j'ai glissé mon corps dans les draps rêches. J'ai actionné la lampe de poche de mon téléphone, je l'ai calé sous mon menton et j'ai rouvert *Sérotonine*, le dernier Michel Houellebecq. J'ai toujours lu ses livres avec une grande curiosité, mais depuis que je connais Joseph, c'est devenu jouissif. L'intelligence pessimiste de ses personnages me renvoie à lui. Et cette fois encore, cela n'a pas loupé : Florent-Claude Labrouste, le héros de *Sérotonine*, parle exactement de la même façon. Même manière de tout déplorer. De ne pas s'engager. Mêmes théories fumeuses. J'ai souri en lisant le passage où le narrateur déconseille formellement la communication réelle dans le couple. Pour lui, l'échange de mots mène à la compréhension réciproque et cette dernière forcément au désastre. La parole entre homme et femme ne produit pas de l'amour, mais de la division et de la haine. Pour s'assurer d'un amour durable, il recommande « un informe babillage amoureux, semi-linguistique ».

De s'adresser à l'autre comme l'on parlerait à son chien.

Le lendemain, après un petit-déjeuner devant un arbre de Noël clignotant, avec une alternance lumière-noir de trois secondes, je me suis postée sur le parking de l'hôtel. La fille du karaoké a dérapé dans la neige à 8 heures précises : aucun Parisien que je connais n'aurait fait ça. Sur le chemin, on a encore chanté. Une fois dans le bus, pour ne pas penser aux virages, j'ai écrit à Joseph pour lui dire que Florent-Claude parlait, comme lui aussi le faisait souvent, des femmes « dans le sens pré-féministe du terme ». Attendrie, je lui ai proposé un café à mon retour. Il n'a pas répondu. Le soir est venu et, dans le train du retour, j'ai fini par m'énerver. Je lui ai balancé, comme à nos débuts, un mail cinglant avec en objet une expression qui me glace de bêtise : *Relation à sens unique.* Cette fois, il s'est manifesté : *Arrête de faire comme si tu ne savais pas comment je fonctionne. Tu sais bien que je ne me sers de mon téléphone que pour téléphoner et que je suis débordé. J'en ai marre qu'on se fâche à cause de ces histoires. Évidemment qu'on va boire un café. Je passe très souvent au journal. Pas besoin de se prendre des rendez-vous.*

*

J'ai atteint, à ce moment-là, le sommet de la détestation de moi-même. Cela ne pouvait être que la dernière fois que je me mettais dans la position de lui réclamer quelque chose. Je n'ai plus jamais rien proposé. Mais surtout, cette vexation montagnarde, couplée au manque d'oxygène en altitude, m'a enfin réveillée. Cela a pris une seconde après avoir pris deux ans. J'ai été saisie par l'extrême radotage de nos échanges et de nos enjeux. L'aspect névrotique du lien m'est apparu. Chaque interaction entre nous se terminait mal pour moi. C'était gagné. Parce que, dans une vie qui nous fait subir ses répétitions, la découverte de celles qui procèdent de nous est insupportable. Il faut bouger. Se tirer, comme Daimler dans le livre de Frédéric Berthet, un détective privé dont les affaires ne marchent pas fort, et malheureux en amour : «J'ai décidé d'arrêter les frais, et je me tire. [...] Il y a un moment dans la vie où tout peut être ramené au cas précédent. Et ce moment est terrifiant. Puis apaisant. Apaisant au point qu'on se couche dans la neige. Si tu veux bien admettre que l'enfer, c'est la répétition, tu comprendras que je fiche le camp avant d'entrer dans l'enfer de la répétition. Les damnés sont voués à des peines éternelles. Les vivants, à des malheurs répétés.»

Malheur répété. Après les Arcs, Joseph a fait une visite surprise au journal. Un collègue et moi avons déjeuné avec lui. Il nous a raconté son tour du monde des galeries. Puis, les affaires de harcèlement sexuel se succédant dans l'art, nous avons parlé féminisme. Joseph contestait le principe même du mouvement. Il défendait l'idée que les hommes sont les vraies victimes de notre temps. Il disait qu'il se faisait emmerder tous les jours, dans le métro, dans la rue, par des mecs psychotiques. Tous les jours, oui, absolument. Qu'il fallait regarder le pourcentage de population masculine dans les prisons. Que l'écart des salaires, c'était du pipeau. Combien j'étais payée ? Voilà, c'était plus que lui à l'époque ! Fallait pas non plus oublier qui était descendu à la mine et qui était allé faire la guerre au siècle dernier. À la fin du déjeuner, j'étais exaspérée. Il s'est tourné vers moi. « T'es fâchée ? » J'ai répondu : « Non. » Je ne l'étais pas. Je sais que son talent va dans le sens de sa conservation.

Malheur répété. Un mois plus tard, je l'ai croisé place de la Madeleine. Il avait sur la tête un bonnet orange (il m'a volé la licence des bonnets colorés). Il fumait devant la boutique Kenzo, plusieurs sacs de vêtements à ses pieds. J'ai pensé qu'il devait maintenant être riche et que seules quelques rues et la Seine nous séparaient de l'Assemblée nationale. Le tout formait une ligne droite. Je ne savais pas encore ce que je ferais au Palais-Bourbon un an plus tard. C'était sympa de discuter avec lui. Il vendait très cher ses collages en Asie. Toujours des carrés ? Non, il était passé aux losanges et c'était encore mieux. D'ailleurs, il avait eu des nouvelles de Yann et Sophie de la crêperie de Rennes. Ils avaient acheté une de ses toiles à 3000 euros. C'était leur cadeau de mariage. On a décidé qu'on s'interdirait dorénavant de se moquer d'eux. Puis, après un sourire complice, on a décidé qu'on continuerait encore un peu.

Comme Joseph était d'humeur à rire, il a enclenché son mode sarcastique tendre. Est-ce que je continuais à aimer faire du journalisme, ce métier pénible où il faut mentir aux gens pour obtenir des rendez-vous ? Est-ce que je réalisais encore mes machins sans narration ? Est-ce que je me rendais compte que personne ne connaissait même le nom d'une seule tête de proue de ce pseudo-art contemporain ? Pas mal de répliques badines sur les losanges me traversaient l'esprit, ainsi que le drôle de nom de l'artiste vidéo Pipilotti Rist, mais j'ai seulement ri. Au moment de me dire au revoir, satisfait de cet échange sans une once de drame, Joseph m'a prise dans ses bras. Il m'a serrée très fort et il a dit deux fois *oh là là*. « Oh là là. Oh là là. » Attendant comme d'habitude que je prenne acte de son désir et que je propose d'en faire quelque chose. Mais pour la première fois, j'ai décidé que cela n'avait aucune importance. J'ai pris ça pour ce que c'était : une pulsion engorgée quelque part. Une réaction organique avec laquelle je pouvais décider de jouer comme un chat ou non. Un fait isolé. Alors que l'amour, c'est quand même autre chose. C'est une affaire d'initiative.

*

En l'an 2019, quelque chose s'est complètement rétabli avec Igor : nous sommes redevenus un couple qui a dix ans dans les pattes et subit de fortes fluctuations. Près, loin, près. Zéro appel par jour, puis dix. Pas du tout partante pour faire l'amour, un peu plus partante, soudain très partante, mais ça fait déjà un mois qu'il ne s'est rien passé, etc. Et progressivement, des envies amoureuses sont revenues des enfers. Celle de faire de longs trajets avec lui en voiture. De me faire écraser la nuit de tout son poids. D'attraper ses jambes dans les bassins de piscines quand il est en train de compter ses brasses.

Ces derniers temps, Igor a aussi compris le principe des week-ends en France. Nous venons d'en passer un près de l'abbaye de Solesmes. Nous sommes arrivés, le vendredi après-midi, à la réception du grand hôtel. La directrice, sortie de la meilleure des écoles, s'est montrée ferme et souriante quand elle nous a conseillé de réserver dès maintenant une table pour le dîner. Igor a dit non. Toujours au régime, il avait apporté son quinoa dans son sac à dos clippé. Le soir, à 20 heures, nous étions en pyjama. Il a préparé le repas dans des tupperwares carrés. Nous étions si heureux d'être ensemble que nous avons appelé les grands-mères pour leur demander si elles pouvaient garder les enfants un jour de plus. Le lendemain, nous sommes allés acheter des chaussettes chaudes à Sablé, où les boutiques de vêtements sont passées à côté de quelques révolutions culturelles. J'ai essayé un imperméable en faux cuir et un soutien-gorge violet.

Autre feu d'artifice, il y a peu : quand je suis partie avec mes enfants à l'île d'Yeu, où Igor n'avait pas prévu de venir, et qu'en sortant du bateau j'ai vu un homme aux cheveux gris faire des youyous sur le quai. «J'ai déjà fait les courses. On n'a plus qu'à monter sur les vélos !» Sur la côte sauvage, sous une pluie fine, les enfants loin devant, Igor et moi avons reparlé de ma liaison.

— Finalement, on l'a surmontée, cette histoire. Tu ne m'as pas quittée.

— Tu sais bien le pouvoir qu'a ton corps sur moi. Je ne trouverai jamais mieux.

— La vérité, c'est que tu me supportes.

— Oui, je te supporte. Tu es une force qui va. Tu te bats contre la mélancolie, tu crées du relief. C'est pour ça que tu fais des choses bizarres comme être avec moi, me tromper et faire des vidéos d'arbres en Corrèze.

Le soir même, en chantant *La Madelon*, il a préparé, pour tout le monde, sa salade spéciale : du riz, des tomates et des chips barbecue écrasées par-dessus. Mais lui n'a mangé que trois pommes, deux sardines et un poireau. Une des choses qui nous menacent aujourd'hui, c'est ça. Son régime réussi. Depuis trois semaines exactement, Igor n'a plus aucun ventre. Problème connexe dont il faudra surveiller l'évolution : il tente désormais de me faire ingurgiter la nourriture qu'il s'interdit de toucher. Cela fait quelque temps qu'il barbouille mes assiettes de roquefort. Omelette au roquefort, pâtes au roquefort, brocolis au roquefort. Je suis sûre qu'il a pensé à m'en faire manger dans mon sommeil.

Ces prochaines années, il faudra aussi voir si Igor et moi pouvons vivre ensemble sans nous faire rien subir. Si je décide de reléguer ma quarantaine désirable au placard, il est probable que le syndrome Anne Pingeot finisse par s'apaiser. Et si je deviens une sorte de grand-mère pour les enfants de sa fille, il est possible que je ne puisse plus m'éloigner tant la force d'attraction de cette famille sera devenue grande. Alors, peut-être que le mariage deviendra souhaitable pour nous récompenser.

D'ici là, nous serons confrontés aux mille problèmes de notre cohabitation : les tasses de thé et les pots de yaourt qu'il dispose dans l'appartement comme s'il prévoyait de devoir un jour retrouver son chemin, les livres politiques qu'il empile dans l'entrée, notre absence de passions communes (la IIIe République pour lui, André Green pour moi), notre incompatibilité sociale avec les amis de l'autre qui fait qu'on se retrouve souvent tous les quatre. Moi, lui, les enfants, comme serrés dans un petit vaisseau. Et qu'une fois hors de l'appartement nos vies sont séparées. Je ne saurais dire si cela nous met dedans, ou si cela nous sauve.

*

Un jour de novembre 2019, j'ai traversé le jardin des Tuileries avec mon amie Charlotte. Nous parlions de son fils aîné, très fusionnel avec elle, quand, en entrant dans le hall du musée du Jeu de Paume, au milieu d'une phrase, j'ai été frappée par une œuvre qui faisait la taille d'un mur et qui ouvrait une exposition. J'ai reconnu les formes géométriques. J'ai dû m'asseoir à cause de points noirs devant mes yeux. C'était un mélange de *litost* (s'il était aussi célèbre, je ne le valais plus), du désespoir d'avoir aussi clairement perdu le fil de sa vie et d'un deuil express à faire : celui du plaisir que m'aurait procuré la possibilité de m'associer à son succès. Une fois debout, mon réflexe a été de m'approcher pour voir s'il y avait, dans cette toile, quelque chose de moi, un reste, une influence quelconque. Ou même, un message. J'ai enjambé la barrière qui protégeait l'œuvre. Peut-être la tache jaune, en bas à gauche ? Une vigile m'a demandé de m'éloigner. J'ai obtempéré en m'appuyant sur son bras, ce qui l'a surprise.

Charlotte n'avait pas saisi l'ampleur du problème.

— Tu veux qu'on aille voir cette expo de Joseph ?

— Non, je ne préfère pas.

Je lui ai proposé de continuer sans moi. J'allais l'attendre dehors. Je me suis assise près de l'endroit où il m'avait dit, plus de deux ans auparavant, ne plus être amoureux. J'ai pensé que j'appartenais désormais à son passé et qu'à ce titre, à défaut de lui provoquer des chocs tels que celui-ci, j'allais sans doute lui traverser l'esprit, plusieurs fois par an, sans jamais le savoir. Cela arriverait quand il entrerait dans un Kyriad ou quand il remplirait d'eau chaude un bol breton. Devant un téléfilm avec une fille brune à petit nez, j'imagine. Pour le reste, c'était difficile à dire. Il est injuste que nos noms ne soient pas scellés, pour le principe, dans une consigne céleste. Je cherchais, dans la littérature, des histoires courtes ayant marqué des vies, mais rien ne me venait à part *Nadja* d'André Breton. À la fin du livre, il s'adresse à la femme qui s'est substituée à Nadja : « Il est parfait que tu me l'aies cachée. » Des femmes me recouvriront-elles, dans la mémoire de Joseph ? Combien et quand ? Trouvera-t-il cela parfait ? Et qui saura pour nous, dans cent ans, quand je serai enterrée en Bretagne, où le gravier est mouillé et où le sel nous ronge ? Je voudrais un cimetière avec un toit hermétique et de la musique italienne. Je voudrais être enterrée avec un gros oreiller, et les hommes qui m'ont aimée. Ma dernière pensée a été de me dire que notre histoire avec Joseph était belle. Son tableau était beau aussi.

Charlotte est arrivée en souriant :

— Ça va mieux ?

— Oui.

*

L'acting artistique a eu lieu un an après la rencontre devant Kenzo et quelques jours après le choc de la toile au Jeu de Paume. J'étais sortie d'affaire, mais je ressentais encore, comme me l'avait prédit l'actrice admirée, le besoin de poser un acte. Dans un premier temps, j'avais pensé agir le 12 décembre 2019 pour faire coïncider la date avec celle de notre rupture, mais j'ai finalement avancé, par peur de mourir. Une inquiétude irrationnelle, mais pas complètement délirante, puisque les jours précédents avaient drainé leur lot de menaces. Il y avait eu cette armoire Ikea qui m'était tombée sur la tête. Il y avait eu ce chauffeur de taxi qui avait une pelle rouge sur le siège passager et aussi, s'ajoutant à cela qui était déjà très grave, qui ne voulait pas que j'ouvre la fenêtre à l'arrière. L'idée qu'il allait diffuser un gaz toxique par les haut-parleurs m'était passée par la tête.

Ce matin-là, je retrouve Louis devant la statue de Jean-Baptiste Colbert, ministre de Louis XIV et promoteur du Code noir qui régissait l'esclavage. Une légère bruine tombe sur le quai d'Orsay. La Seine bouge beaucoup : il y a des creux sur toute sa surface. Je porte, sur l'épaule droite, le sac Décathlon bleu d'Igor. J'en extrais un pied de caméra que je pose au bout du pont de la Concorde, sur le trottoir en face du Palais-Bourbon. Je fixe mon téléphone dessus et je demande à Louis de m'attendre pour un temps indéfini. Il tremble de froid, mais il met la tête dans son pull à capuche et il dit : « Ok, mais fais le plus vite possible. » À l'entrée de l'Assemblée nationale, je sors ma carte de presse et je dis très fort au gars de la sécurité, qui n'en a absolument rien à faire, que je vais couvrir le projet de loi sur la réforme audiovisuelle. Il regarde l'intérieur de mon sac, puis moi d'un œil interrogateur. Je dis : « C'est un cadeau pour mon filleul qui arrive de Londres ce soir. » Il hausse les épaules.

J'ai étudié sur Internet les plans du bâtiment. Une fois à l'intérieur de l'Assemblée, je traverse la salle des quatre colonnes à grande vitesse. Je manque de renverser Jean-François Copé, qui n'est pourtant plus député. Cela me trouble une seconde. Je prends l'un des escaliers menant aux tribunes presse de l'Hémicycle. Une fois en haut, je traverse beaucoup plus doucement la salle des gardes, qui est l'espace réservé aux journalistes parlementaires. Je prends la contenance d'un journaliste parlementaire. Les mains le long du corps, et le visage plein d'humilité. Sur la droite, je reconnais la fenêtre qui permet d'accéder au toit du fronton décoratif dessiné par Bernard Poyet. Cette façade, qui a des allures de temple grec et qui rappelle celle, juste en face, de la Madeleine. L'intérieur du triangle qui le domine représentait originellement Napoléon offrant au Corps législatif les drapeaux conquis à Austerlitz. Mais le dessin a été changé deux fois depuis deux siècles. Je repense en souriant au voyage de l'Empereur de l'île d'Elbe à Paris en mars 1815 baptisé « Le vol de l'Aigle ». Les promenades avec Igor m'ont spécialisée en Bonaparte.

J'ouvre la fenêtre. C'est glissant, certainement très dangereux, mais moins que de prendre un avion. Je pose mes mains bien à plat sur l'ardoise humide et je commence mon ascension à quatre pattes. Sans regarder en bas. Au sommet, j'attrape la hampe du drapeau français pour ne pas glisser. J'ai le vertige : comme quand j'étais gamine, sur le plongeoir de six mètres de la piscine de Vanves, que je me forçais à escalader dix fois. Je fais un signe à Louis, qui enclenche la caméra. Des passants se sont groupés autour de lui. Ils ont sorti leur portable, pensant qu'ils allaient assister à un suicide républicain, diffusé en live sur les réseaux sociaux. (Louis a dû leur expliquer qu'il s'agissait d'une démarche artistique sur la rupture. Ils ont demandé si j'étais Sophie Calle.)

D'une main, je tiens très fort le drapeau et, de l'autre, je sors de mon sac la peluche blanc, marron et jaune. Le psychanalyste François Roustang a cette formule que j'aime beaucoup pour décrire le moment où la cure se termine : c'est quand *on a suffisamment fatigué le sens pour qu'il rentre se reposer dans la chose.* Pour une histoire d'amour, j'imagine qu'on pourrait la décliner ainsi : c'est quand *on est suffisamment fatigué de tout ça pour que la chose soit jetée.* Alors que je lui offre un point d'envol exceptionnel et symbolique, l'aigle est toujours aussi inexpressif. Louis fait un signe pour me dire que je peux y aller. Je caresse la tête de l'oiseau et je lui dis : « Quoi qu'il arrive, ce n'est pas ta faute. Dans la vie, on fait ce qu'on peut. » Puis je le lance de toutes mes forces. Il suit une belle trajectoire en cloche. Il tombe sans déplier ses ailes. Bien droit. Tout en rigidité. Comme s'il venait de se prendre une contravention. Les fesses en premier. Au sol, il roule sur les marches du fronton et termine sa vie dans une flaque d'eau, allongé sur son flanc droit. Des flics m'attendent déjà en bas. Je suis dans le viseur de plusieurs armes. Une brigade entoure Louis, qui négocie leur clémence.

Seule sur le toit, je murmure : « Bravo, c'était bien. »

OUVRAGES CITÉS

Par ordre d'apparition :

Léon Tolstoï, *La Guerre et la Paix*, I, trad. de Boris de Schlœzer, préface de Zoé Oldenbourg, Gallimard, « Folio », 1960.

Freud, *Au-delà du principe de plaisir*, Payot, « Petite Bibliothèque Payot », 2010.

Lawrence Durrell, *Justine*, premier tome du *Quatuor d'Alexandrie*, trad. de Roger Giroux, Buchet-Chastel, 2012.

John Updike, *La Ferme*, trad. de Raphaël Noris, Seuil, 1968.

Charlotte Hellman, *Glissez, mortels*, Philippe Rey, 2019.

Philippe Jaenada, *La Serpe*, Julliard, 2017.

Arthur Schnitzler, *Berthe Garlan*, trad. de Dominique Auclère, Stock, 1981.

Arthur Schnitzler, *La Nouvelle rêvée*, trad. de Philippe Forget, Le Livre de Poche, 2002.

Kafka, *Journal*, trad. de Robert Kahn, Nous, 2020 (traduction légèrement modifiée).

Nora Ephron, *I Feel Bad About my Neck*, Vintage Books, 2006.
André Green, *Le Travail du négatif*, Minuit, 2011.
Anton Tchekhov, *Platonov*, trad. d'André Markowicz et de Françoise Morvan, Actes Sud, « Babel », 2014.
Iris Murdoch, *Sous le filet*, trad. de Clara Malraux, Gallimard, « Folio », 1985.
James Ellroy, *Le Grand Nulle Part*, trad. de Freddy Michalski, Rivages, 2015.
Pouchkine, *Eugène Onéguine*, trad. de Jean-Louis Backès, Gallimard, « Folio », 1996.
Freud, *Deuil et Mélancolie*, trad. d'Aline Weill, Payot, « Petite Bibliothèque Payot », 2013.
Michel Houellebecq, *Sérotonine*, Flammarion, 2019.
Frédéric Berthet, *Daimler s'en va*, Gallimard, 1988.
André Breton, *Nadja*, Gallimard, « Folio », 1972.
François Roustang, *Comment faire rire un paranoïaque ?*, Odile Jacob, 2000.

REMERCIEMENTS

À Catherine Nabokov, ma première lectrice et éditrice, mon alliée et mon agent, Karina Hocine et Charlotte von Essen, Charlotte Hellman, Gregory Messina, Audrey et Renée.

PAPIER À BASE DE
FIBRES CERTIFIÉES

Le Livre de Poche s'engage pour l'environnement en réduisant l'empreinte carbone de ses livres. Celle de cet exemplaire est de :
150 g éq. CO_2
Rendez-vous sur
www.livredepoche-durable.fr

Composition réalisée par Lumina Datamatics, Inc.

Achevé d'imprimer en France par
CPI BRODARD & TAUPIN (72200 La Flèche)
en janvier 2023
N° d'impression : 3051018
Dépôt légal 1re publication : janvier 2023
LIBRAIRIE GÉNÉRALE FRANÇAISE
21, rue du Montparnasse – 75298 Paris Cedex 06

81/8983/9